Urs W. Käser

Liebe, Leidenschaft und Tod

Kleine Geschichten zu grossen Themen

Impressum

Bibliografische Information der Deutschen Nationalbibliothek:
Die Deutsche Nationalbibliothek verzeichnet diese Publikation in der Deutschen Nationalbibliografie; detaillierte bibliografische Daten sind im Internet über http://dnb.dnb.de abrufbar.

Herstellung und Verlag: BoD – Books on Demand, Norderstedt

ISBN: 978-3-7534-0603-9

Inhalt

Eisbären-Blues

Wir schreiben das Jahr 2020 nach Christus.

An der nördlichsten Küste Kanadas, auf einer wunderschönen grossen Eisscholle, treffen sich, wie alle fünf Jahre, die mehr als hundert Delegierten der weltweiten Eisbärenvereinigung zur Hauptversammlung. Es ist Hochsommer, mit fünf Grad Celsius angenehm warm, das Polarmeer plätschert in sanften Wellen gegen das Eis, und rundherum glitzert alles im zauberhaften Licht der Mitternachtssonne. Die Eisbären haben es sich auf der Eisscholle bequem gemacht, blinzeln in die Sonne, knabbern an einem fetten Stück einer Robbe und tauschen die letzten Neuigkeiten aus.

Doch die Idylle täuscht. Grundlegende Probleme stehen in der Eisbärenvereinigung zur Diskussion. Und allen ist klar, dass sich die zwei Fraktionen unter den Eisbären, die Konservativen und die Fortschrittlichen, kaum auf ein gemeinsames Vorgehen einigen werden. Aber alle hoffen auf ein kleines Wunder.

Als erster klettert Trumpibus, der Vorsitzende der Konservativen, auf die aus drei grossen Eisblöcken aufgebaute Rednerbühne. Trumpibus' Fell ist zottig lang und makellos weiss, und mit zweieinhalb Metern Länge ist er ein Koloss von einem Eisbären. Er stellt sich auf die Hinterbeine und winkt mit den Vorderpfoten in die Runde.

„Liebes Eisbärenvolk", beginnt er mit dröhnender Stimme, „leider müssen wir feststellen, dass die Eisfläche im Polarmeer, die wir dringend für die Jagd nach

Robben benötigen, im Sommerhalbjahr von Jahr zu Jahr kleiner wird. Aber, liebe Freunde, wir lassen uns dadurch nicht entmutigen! Wir wissen genau, wie wir dieses Problem lösen können. Unsere Strategie ist sehr einfach: Das Eis zieht sich gegen Norden zurück, und wir werden ihm folgen! Wenn wir jeden Sommer einige Kilometer weiter Richtung Norden wandern, dann werden auch unsere Jagdgründe auf ewige Zeit so gut bleiben, wie sie jetzt sind."

Ein donnernder Applaus setzt ein, aber Trumpibus gebietet sofort Ruhe. „Ich bin noch nicht fertig! Liebe Freunde, wir müssen jetzt fest zusammenstehen! Es gibt Stimmen, die uns weismachen wollen, unsere Strategie sei falsch. Sogenannte Wissenschaftler verbreiten das Gerücht, die Welt sei nicht so, wie wir sie kennen, nämlich flach und unendlich gross. Sie behaupten, die Welt sei eine Kugel. Gegen Norden zu würde sie immer kleiner und am sogenannten Nordpol gäbe es überhaupt keinen Platz mehr."

Trumpibus schaute in die Runde, bleckte seine gewaltigen Zähne und stiess ein dröhnendes Gelächter aus. „Ha, was für ein kompletter Unsinn! Macht doch die Augen auf: Rundherum ist alles flach und weit. Jedes Eisbärenkind sieht, dass die Welt eine unendlich grosse Ebene ist. Lasst euch von diesen Pseudowissenschaftlern nicht verrückt machen, Freunde, es besteht überhaupt keine Gefahr!" Tosendes Gebrüll von rechts brandet auf.

Dann klettert Bidenibus, der Vorsitzende der Fortschrittlichen, auf die Rednerbühne, steht auf die Hinterbeine und wendet sich selbstbewusst an sein Publikum.

„Liebes Eisbärenvolk! Lasst euch von diesem Populisten Trumpibus nicht Schneekristalle in die Augen streuen! Steckt nicht den Kopf in das Eis! Die exakte Wissenschaft hat eindeutig bewiesen, dass die Welt eine Kugel ist. Wenn wir also stur dem Eis immer weiter nach Norden folgen, werden wir unausweichlich irgendwann den Nordpol erreichen, wo die Welt so klein wird, dass es keinen Platz für unsere Eisschollen mehr hat und wir zugrunde gehen müssen. Glaubt mir, liebe Freunde: Die sture Strategie von Trumpibus und seinen Konservativen führt uns direkt in den Abgrund!"

Bidenibus streckt seine Pfoten in die Höhe und blickt in die Runde. „Liebe Freunde! Die einzige Chance, die uns zum Überleben bleibt, ist, dass wir unser eigenes Verhalten ändern. Die Umwelt wandelt sich, wir müssen uns anpassen und umlernen. Die Robbenjagd von der Eisscholle aus wird bald Vergangenheit sein. Wir müssen innovative neue Strategien entwickeln, um unsere Beute vom Land aus zu jagen. Wahrscheinlich werden wir viel besser schwimmen lernen müssen. Oder uns auf andere Beutetiere verlegen. Jedenfalls müssen wir in die Zukunft investieren, mit den Wissenschaftlern zusammenarbeiten und vor allem unsere Jungbären besser ausbilden, damit sie die ererbten Instinkte überwinden und selbstständig werden. Dies ist unsere Rettung!"

Das Gebrüll von der linken Seite her ist sogar überraschend stark, aber in der Schlussabstimmung hat Trumpibus doch klar die Nase vorn.

Wir schreiben das Jahr 2070 nach Christus.

In der Nähe des Nordpols schmilzt die letzte grössere Eisscholle, und die verbleibenden fünf Eisbären, die letzten ihrer Art, ertrinken jämmerlich. Und weil auch die Zoologischen Gärten die Eisbärenzucht längst aufgegeben haben, müssen die Menschenkinder mit ihren Eltern jetzt ins Museum fahren, um zu lernen, wie diese ausgestorbene Tierart einst ausgesehen hat.

Anna verschwindet

Hoteldirektor Peter Meier war sichtlich verärgert. „Meine liebe Kommissarin, ich kann Ihnen die Geschichte noch zehnmal erzählen, und sie wird dadurch weder besser noch schlechter."

Kriminalkommissarin Barbara Boser seufzte. „Bitte, Herr Meier."

„Also, das Ehepaar Anna und Markus Studer aus Bern hat am Montag hier im Hotel Hecht in Greifensee übernachtet. Nach dem Frühstück wurde Markus Studer von zwei Kollegen mit dem Auto abgeholt und fuhr zu seiner Weiterbildung in Wetzikon. Anna Studer verabschiedete sich persönlich von mir und sagte, sie wolle einen längeren Spaziergang am Greifensee machen."

„Und dann?", fragte die Kommissarin ganz sanft.

„Nichts dann! Ich habe beide nicht wieder gesehen."

„Haben Sie Anzeichen von Streit zwischen den Eheleuten oder sonst etwas Ungewöhnliches bemerkt?"

Meier grinste. „Im Gegenteil, die beiden wirkten eher wie ein frisch verliebtes Paar."

„Ich danke Ihnen, Herr Direktor Meier."

„Eine ganz verflixte Geschichte", seufzte Barbara Boser, „ich komme einfach nicht weiter."

Franz Koller, seit Jahren ihr Kollege im Nachbarbüro, lächelte ihr zu. „Kopf hoch, Kleine, du schaffst das. Wo liegt das Problem?"

Barbara strich sich durch ihre langen blonden Haare. „Nun, die Recherche ergibt das folgende Bild. Am

Dienstagabend wurde die Leiche von Anna Studer aus Bern in einer Bootshütte am Ufer des Greifensees gefunden. Sie wurde mit einem Strick erdrosselt. Anna Studer hatte mit ihrem Ehemann Markus von Montag auf Dienstag im Hotel Hecht in Greifensee übernachtet und war am Dienstagmorgen zu einem Spaziergang aufgebrochen, während ihr Mann zu einer Weiterbildung nach Wetzikon fuhr. Wie ich inzwischen herausgefunden habe, hätte Markus Studer ein doppeltes Motiv gehabt, seine Frau loszuwerden. Einerseits hat er eine hohe Lebensversicherung auf sie abgeschlossen, andererseits hat er eine Geliebte, Nadja Weber, wohnhaft in Zürich. Das Problem ist einfach, dass Markus Studer ein perfektes Alibi hat. Er war nachweislich den ganzen Dienstag mit seinen Kollegen zusammen."

Franz erhob sich, ging zum Fenster und klopfte mit dem rechten Zeigefinger nervös gegen die Scheibe. „Hm, eine böse Sache. Könnte er einen Auftragskiller angeheuert haben?"

„Natürlich können wir das nicht ausschliessen. Aber wie sollten wir den finden?"

„Und was ist mit dieser Geliebten?"

„Nun, Nadja Weber arbeitet bei einer Bank in Zürich. Sie war sowohl am Montag wie am Dienstag durchgängig am Arbeitsplatz. Auch sie scheidet als Täterin eigentlich aus."

„Ja, da ist guter Rat teuer", erwiderte Franz lakonisch, „aber mach einfach weiter in deinen Ermittlungen. Bestimmt zeigt sich bald ein neuer Aspekt.»

Barbara ging, halbwegs beruhigt, zurück in ihr Büro. Ein netter Kerl, dieser Franz, dachte sie. Manch anderer Kollege hätte mich kritisiert und entmutigt. Eigentlich schade, dass er so viel älter ist als ich und schon eine Ewigkeit vergeben…

Barbara holte sich am Automaten einen Kaffee, ging zurück in ihr Büro, schaute zum Fenster hinaus und geriet ins Grübeln. Es war Mitte April, die Sonne blitzte immer wieder zwischen den Wolken hervor und tauchte das erste, zarte Grün der Bäume im Park in ein zauberhaftes Licht. Gegen Westen hin leuchteten die Wohnhäuser von Uster im Nachmittagsglanz, und im Hintergrund glitzerte die Wasserfläche des Greifensees. Dort, am Ufer, wurde die Leiche in einer kleinen Bootshütte gefunden. Barbara schauderte. Wer hatte bloss die hübsche junge Frau auf dem Gewissen? Die Alibis der potentiell Verdächtigen schienen perfekt zu sein. Und doch…? Barbara schloss ihre Augen und hing ihren Gedanken nach. Eine geraume Weile verstrich, dann setzte sich eine neue Idee in ihrem Kopf fest. Und wenn es so gewesen wäre…? Mit einem Ruck drehte sich Barbara um, eilte zum Schreibtisch, ergriff den Telefonhörer und rief das Passbüro in Zürich an.

Hoteldirektor Meier schüttelte den Kopf. „Nein, das war sie ganz bestimmt nicht. Ich habe Frau Studer ja höchstpersönlich begrüsst, und Gesichter vergesse ich nie."

Barbara Boser hielt dem Hoteldirektor nacheinander fünf weitere Fotos vor das Gesicht. Plötzlich leuchteten seine Augen auf.

„Hier, das ist sie, die Frau Studer! Bildhübsch und perfekt gebaut!"

„Besten Dank, das genügt mir", erwiderte die Kommissarin und verabschiedete sich rasch.

„Franz, der Fall Studer scheint mir gelöst."

„Tatsächlich?" Franz machte grosse Augen.

„Wir sind selbstverständlich davon ausgegangen, dass die Ermordete am Dienstagmorgen noch gelebt hat, weil sie ja im Hotel gefrühstückt hat. Dem war aber nicht so. Anna Studer starb schon am Montagabend. Das hat mir soeben der Pathologe bestätigt."

„Was?" Franz schaute seine Kollegin ratlos an.

„Nun, die Aussage des Hoteldirektors, das Ehepaar habe sich wie zwei frisch Verliebte benommen, hat mich stutzig gemacht. War das wirklich seine Ehefrau, habe ich mich gefragt. Nein, sie war es nicht! Markus Studer hat nicht mit Anna, sondern mit Nadja Weber im Hotel übernachtet. Der Hoteldirektor hat ihr Foto sofort erkannt. Die beiden haben Anna Studer schon am Montagabend umgebracht, die Leiche im verlassenen Bootshaus versteckt und sich seelenruhig im Hotel als Ehepaar Studer angemeldet, ohne dass jemand Verdacht schöpfen konnte."

„Toll kombiniert, Barbara!"

Die Akte

Jetzt will ich es endlich wissen! Jedes Mal, wenn ich früher bei meinem Opa war, hat er mir davon erzählt. Zunächst habe ich es geglaubt, wie ein kleiner Junge eben seinem Opa alles glaubt. Aber später kamen, nach und nach, die Zweifel. So eine alte Räubergeschichte, die kann doch nur erfunden sein, sagte ich mir als Gymnasiast. Und noch später habe ich die Geschichte allmählich vergessen.

Aber jetzt will ich es wissen! Das Staatsarchiv hat meinen Antrag gutgeheissen und mir ganz offiziell die Bewilligung erteilt, in meiner Familiengeschichte herumzustochern, alle notwendigen alten Dokumente anzufordern, Einblick in die Prozessakten aus dem neunzehnten Jahrhundert zu gewinnen.

Was mir mein Opa früher immer erzählt hat? Sein eigener Grossvater mütterlicherseits, der Theodor, habe in stetigem Streit mit seinem Bruder Walter gelegen. Und schlussendlich sei der Streit so heftig aufgeflammt, dass man Walter, an einem sonnigen Morgen im August 1895, am Waldrand tot aufgefunden habe. Worum es denn bei diesem Streit gegangen sei, habe ich Opa gefragt. Dieser hat dann immer ganz verschmitzt gelächelt. Eigentlich bist du dafür noch zu jung, hat er gesagt, aber natürlich ging es dabei um eine Frau, um die schöne Elsa! Ich versuchte, mir das Ganze zusammenzureimen, und fragte dann ganz schüchtern: Etwa um meine Ururgrossmutter? Opa nickte und klopfte mir auf die Schulter: Kluger Junge!

Aber, fragte ich hartnäckig weiter, warum hat man denn den Theodor, diesen Brudermörder, nicht ins Gefängnis gesteckt? Oh, so einfach ist das nicht, antwortete Opa würdevoll, du brauchst handfeste Beweise, um jemanden einzusperren. Und eben, handfeste Beweise gab es nicht. Keine Zeugen, keine Tatwaffe, wenig Indizien. Deshalb musste das Gericht den Theodor freisprechen.

Ach so, erwiderte ich, altklug wie ich war, darum konnte Theodor seine geliebte Elsa heiraten, und dann wurde deine Mutter geboren, später kamst du, danach mein Vater, und schlussendlich auch ich selber! Exakt so war es, bestätigte mein Opa und klopfte mir nochmals gönnerisch auf die Schulter.

Die Bewilligung im Sack, fahre ich also mit dem Lift ins fünfte Untergeschoss des Staatsarchivs. Ein Angestellter in schwarzem Anzug begleitet mich, führt mich routiniert durch die schmalen Gänge zwischen den bis zur Decke reichenden Regalen, biegt zweimal links ab, dann dreimal nach rechts und dann wieder links. Ich habe schon längst jede Orientierung verloren, lasse mir aber meine Beklemmung nicht anmerken. Plötzlich bleibt er stehen und nimmt einen vergilbten, staubigen Ordner aus dem obersten Regal. So, ich lasse Sie jetzt allein, sagt er, leise lachend, hier werden die Prozessakten von 1895 verwahrt, und Sie dürfen nach Herzenslust darin stöbern, hahaha! Und weg ist er.

Mir wird bange. Wie finde ich je wieder hinaus aus diesem Ganggewirr? Mach dich nicht verrückt, sage ich mir, lege den Ordner auf ein Tischchen und beginne darin zu blättern. Da ist er tatsächlich: Der Prozess vom

September 1895! Ich beginne zu lesen und bin sofort faszniert. Alles ist sauber protokolliert: Die Anklage, die Verteidigung, die Zeugen, die spärlichen Indizien, schliesslich der überraschende Freispruch.

Da! Ohne jede Vorwarnung erlöschen plötzlich die Lampen, und vollkommene Dunkelheit umgibt mich. Mein Atem setzt aus, mein Herz schlägt heftig gegen die Brust, meine Hände werden eiskalt. Hat das mit mir zu tun? Oder ist es ein blosser Zufall? Ich horche in die Finsternis hinein. Kein Laut dringt an mein Ohr.

Da! Eine Stimme ist zu hören, von weit her, leise murmelnd, ich verstehe kein Wort. Meine Angst steigert sich ins Unerträgliche. Wer spricht da aus der Finsternis? Plötzlich wird die Stimme lauter, wird glasklar und schneidend. Und sie spricht mich persönlich an! „Martin, endlich, endlich kommt meine Rache!"

„Was, ehm, was?", stammele ich und sinke vor lauter Angst zu Boden.

„Hahaha!", dröhnt es jetzt aus der Dunkelheit, „mein Bruder Theodor, dein Vorfahre, der mich ermordet hat! Leider, leider wurde er freigesprochen, hat fröhlich weitergelebt und Nachkommen gezeugt. Und einer davon bist du! Und genau du wirst für meinen Bruder büssen!"

Eiskalt fährt es mir den Rücken herab. Was widerfährt mir da? Dieser Walter, seit mehr als 120 Jahren tot, spricht zu mir? Ich soll für meinen Ururgrossvater büssen?

Plötzlich raschelt es, und eine Staubwolke dringt in meine Nase, so dass ich husten muss. „Hier", sagt die schneidende Stimme aus dem Dunkeln, „du kannst wählen!"

Unvermittelt gehen die Lampen wieder an, und ich blinzle in die Helligkeit. Mit einem Schrei zucke ich zurück. Vor mir, neben dem Ordner, liegt… eine Pistole!

Da wieder die Stimme! „Du kannst es selber tun, oder… Ich erwürge dich eigenhändig!"

Ich bin in grenzenloser Panik. Kann mir denn niemand helfen? Unbeherrscht schreie ich los: „Hilfe!!! Hilfe!!!"

Keine Antwort. Absolute Stille. Ich bin verloren!

Da! Eine Sirene heult auf! Kommt endlich die Polizei? Werde ich doch noch vor dem sicheren Tod gerettet?

Ich stelle den Wecker ab, reibe mir die Augen und blinzle im Zimmer umher. Was war das doch für ein höllischer Traum!

Laura

Eigentlich ist es für mich eine ganz normale Routinehandlung. In die Volksbibliothek gehen, zwischen den unzähligen Regalen herumstöbern, da und dort ein Buch herausnehmen, das Coverbild auf mich wirken lassen, den Klappentext lesen, die eine oder andere Buchseite überfliegen… und dann, je nach gefälltem Urteil, das Buch entweder zurückzustellen oder mit nachhause zu nehmen. Seit Jahren und Jahrzehnten lese ich mich so, auf kostengünstige Weise, durch die Weltliteratur. Nein, das ist eindeutig gelogen! Durch alle Arten von Literatur, seien es auch billige Krimis, schnulzige Liebesromane oder temporeiche Abenteuergeschichten!

Die gelesenen Bücher bringe ich immer pünktlich in die Bibliothek zurück und lege sie auf die Empfangstheke, hinter der eine Angestellte sitzt und die Rückgabe prüft. Und genau hier beginnt meine Geschichte!

«Alles in Ordnung», sagt die Frau hinter der Theke.

«Danke», erwidere ich, zerstreut wie immer. Aber plötzlich wird mir klar, dass da eine junge Frau sitzt, die ich noch gar nie gesehen habe. Verwirrt schaue ich kurz zu ihr hin, aber ich traue mich nicht, noch etwas zu sagen, und mache mich auf in Richtung der Bücherregale.

Aber das Gesicht der Frau lässt mich nicht los. Den ganzen Tag noch schwebt es vor mir, obwohl ich kein einziges Detail dazu nennen könnte. Haarfarbe, Haarlänge, Stirn, Augen, Nase, Mund? Alles verschwimmt in meiner Erinnerung. Doch ein unbestimmtes warmes Gefühl, das bleibt!

Zum Glück bin ich ein schneller Leser. Schon eine Woche später betrete ich wieder die Bibliothek. Und ich habe mich vorbereitet. Diesmal will ich sie ansprechen. Wenn sie nur da ist!

Ja, sie sitzt hinter ihrer Theke! Und sie schenkt mir sogar ein kleines Lächeln.

«Guten Morgen, hier sind meine Bücher retour», sage ich ganz routiniert.

Sie nimmt die Bände entgegen, blickt auf ihren Bildschirm und nickt. «Alles in Ordnung.»

Unterdessen ist mir bewusst geworden, wie schön sie ist. Diese weich auf die Schultern fallenden hellbraunen Haare, diese sanften, aber wachen blauen Augen, diese makellose Nase mit den neckischen Flügeln, diese wohlgeschwungenen, dunkelrot angemalten Lippen...

«Ist noch was?», fragt sie leise.

Ich zucke zurück. «Nein, nein... Verzeihung, ehm... Ich wollte nur fragen: Sind Sie neu hier?»

«Ja, erst seit zwei Wochen. Wissen Sie, Bibliothekarin, das war immer schon mein Traumberuf.»

Mein Stresspegel sinkt, ich entspanne mich allmählich, auch weil ich der einzige Kunde im Saal bin. «Schön, wenn man seinen Traumberuf gefunden hat. Dann lesen Sie auch sehr viel?»

«Aber sicher!»

Ich blicke auf den Stapel Bücher, die ich zurückgebracht habe. «Ich denke, Bibliothekarinnen haben einen bedeutenden Vorteil. Sie wissen immer genau, was ihre Kunden am liebsten lesen.»

«Das stimmt schon. Und umgekehrt eben nicht, meinen Sie wohl?», lacht sie herzhaft.

Ich schäme mich, keine schlagfertige Antwort geben zu können, und entferne mich mit einem gemurmelten Gruss.

Diesmal habe ich noch schneller gelesen. Nein, gelogen! Zwei der vier Bücher bringe ich ungelesen zurück. Meine Sehnsucht nach Laura – Laura Weber, stand auf ihrem Namensschild – liess mich keinen Tag länger warten. Aber hat sie heute überhaupt Dienst? Mein Herz hämmert, als ich mich dem Eingang der Bibliothek nähere. Ja, dort sitzt sie hinter ihrer Theke! Zum Glück stehen drei andere Kunden vor mir an, so habe ich etwas Zeit, Laura anzuschauen. Ihr Gesicht erscheint mir jedes Mal schöner, anziehender, begehrenswerter! Und wie freundlich sie mit den Menschen umgeht, auch das fällt mir auf. Beinahe wäre ich ins Träumen geraten, aber schon komme ich an die Reihe.

«Oh, Sie haben aber sehr schnell gelesen», sagt Laura mit einem Lächeln.

Mein Puls saust in die Höhe. Wenn sie mich jetzt etwas über die ungelesenen Bücher fragt? Eine Katastrophe wäre das! Nein, ich muss jetzt die Wahrheit sagen. «Das täuscht», antworte ich ihr, «diese beiden da habe ich nicht wirklich gelesen.»

«Aber das macht doch nichts. Es gefällt einem ja nicht alles.»

Plötzlich fällt mir ein, was ich noch fragen könnte. «Sie haben mein schnelles Lesen erwähnt. Sie erinnern sich also daran, wann ich das letzte Mal hier war?»

Laura hebt ihre Augenbrauen. «Aber ja, ich habe diesbezüglich ein gutes Gedächtnis. Sowohl für die sympathischen wie auch für die weniger sympathischen Kunden.»

«Das ist jetzt aber reichlich zweideutig formuliert.»

«Zweifeln Sie daran, zu welcher Seite Sie gehören? Das sollten Sie nicht.»

Ihr Lächeln sagt mir alles. Ich schmelze beinahe dahin. Aber was soll ich bloss tun? Ich bin doch nur ein ganz gewöhnlicher Kunde!

Nein, ich lese jetzt nicht noch schneller. Ich habe nur meine Taktik angepasst. Immer nur ein Buch oder höchstens zwei mitnehmen! So kann ich guten Gewissens alle drei oder vier Tage in der Bibliothek erscheinen, zumal ich unterdessen Lauras freie Tage kenne. Die stete Hoffnung, dass es nicht mehr lange dauert, bis ich Laura wieder sehen darf, mit ihr ein paar Worte wechseln kann, lässt mich meine Tage überstehen.

Jeden Morgen, wenn ich aufwache, kommt mir als Erstes Laura in den Sinn. Was sie wohl gerade macht? Steht sie zuhause vor der Kaffeemaschine, ist sie gerade im Bad oder schläft sie noch in ihren duftigen Daunen? Ein Anfall von Panik überflutet mich. Wenn sie etwa gar nicht allein wohnt, wenn sie einen Freund hat, wenn sie gar verheiratet ist? Der Schmerz trifft mich ins Innerste. Ist alle meine Hoffnung vergebens? Ach Laura, wenn ich doch mehr über dich wüsste! Doch ich muss Geduld haben, sage ich mir wieder und wieder. Weshalb sollte ausgerechnet ich, ein Bibliothekskunde wie alle anderen, Sonderrechte bekommen?

Inzwischen ist viel passiert. Laura und ich haben zum Du gewechselt und tauschen uns, soweit sie Zeit findet, eifrig über Bücher aus. Warum dieses Werk von Ernest Hemingway sich besonders lohnt, weshalb jener Roman von Patricia Highsmith ein literarisches Feuerwerk darstellt, warum das letzte Werk von Max Frisch einem Vermächtnis gleicht, und weshalb man über den neuen Roman von Jakob Arjouni geteilter Meinung sein kann.

Doch viel mehr als alle Romane interessierst mich du, Laura! Dein ausdrucksvolles Gesicht, dein feines Lächeln, deine wachen Augen, dein Mienenspiel, dein Hang zu Witz und Ironie. Ach, ich könnte jeden Tag in deinen blauen Augen versinken!

Ich halte es beinahe nicht mehr aus. Es muss jetzt etwas passieren! Ich, der Kunde, Laura hinter ihrer Theke sitzend, ein wenig Smalltalk, das ist doch kein Zustand! Gib dir einen Ruck, sage ich mir, riskiere etwas! Lade sie ein, egal wozu, Hauptsache ausserhalb dieser Bibliothek. Du musst endlich Klarheit gewinnen, ob aus Laura und dir etwas werden könnte!

Heute ist es soweit! Ich nehme all meinen Mut zusammen und erscheine kurz vor Ladenschluss in der Bibliothek, ein einziges Buch in der Hand. Was für ein Glück, ich bin der einzige Kunde im Raum. Laura winkt mir schon von weitem zu. Wie unendlich süss sie lächelt!

«Hallo Laura», sage ich, «beinahe hätte ich es nicht mehr vor Ladenschluss geschafft.»

«Ja, ich mache gleich Feierabend, gib schnell das Buch her. Aha, Agatha Christie. Sie schreibt ja so wunderbare Krimis, nicht wahr?»

«Oh ja, absolut. Ehm... Ich wollte dich noch etwas fragen, Laura.»

«Ja bitte?»

«Weisst du... Darf ich dich noch zu einem Kaffee einladen, irgendwo in der Stadt, um noch etwas miteinander zu plaudern?»

Laura hebt ihre Augenbrauen. «Oh, das kommt jetzt überraschend. Aber warum eigentlich nicht? Nimm bitte noch kurz dort drüben Platz, ich bin gleich fertig mit der Arbeit.»

Mein Herz saust durch die Decke. Sie hat Ja gesagt! Wie in Trance setze ich mich und beginne bald zu träumen. Wie wir Hand in Hand durch die Strassen gehen, die Treppe zum Münster hinaufsteigen, die Aussicht geniessen, und wie unsere Herzen pochen, unsere Lippen sich nähern...

«Du brauchst mir nicht zu helfen, ich bin mobil.» Lauras Stimme reisst mich aus meiner Träumerei. Ich blicke hoch - und erstarre zu Eis. Das darf doch nicht wahr sein! Ich habe das Gefühl, die ganze Welt breche über mir zusammen. Kein gemeinsamer Spaziergang die Treppe hinauf, keine Bergwanderungen, kein Skifahren zusammen, kein Schwimmen im See...

«Das hast du wohl nicht gewusst?», fragt sie ganz sanft. «Aber du wirst dich daran gewöhnen.»

Panik steigt in mir auf. Kann ich das? Mich daran gewöhnen? Will ich das überhaupt?

«Kommst du jetzt?», fragt Laura ungeduldig. Sie hat den leise summenden Elektromotor gestartet und steuert ihren Rollstuhl gekonnt in Richtung des Ausgangs.

Meine Panik flaut ab, und plötzlich fühle ich mich wieder frei. Ja, ich will und werde mich daran gewöhnen! Beschwingt stehe ich auf und folge Laura ins Freie.

Rache

Kriminalkommissarin Claudia Harder schüttelte Frau Müller die Hand. «Es tut mir ausserordentlich leid, dass Sie Ihren Ehemann unter so schlimmen Umständen verlieren mussten.»

«Ja, es ist sehr traurig.» Erika Müller wischte sich mit einem Taschentuch die Tränen aus den Augen. «Aber wenigstens weiss ich, wer es getan hat. Und dieser Halunke wird dafür büssen müssen!»

«Können Sie mir das erläutern, Frau Müller?»

«Aber sicher, Frau Kommissarin! Unser verehrter Nachbar, der Herbert Huber, der wars, der hat meinen Marcel umgebracht, davon bin ich überzeugt!» Erika Müller wies mit ihrem Arm vehement in Richtung des Nachbarhauses.

Claudia Harder schaute sich um. Das riesige Wohnzimmer der Müllers schloss gegen Osten mit einer bodentiefen Fensterfront ab. Von hier ging der Blick über das Grundstück, das eher einem Park als einem Garten glich. Eine weite, von Blumenrabatten, Sträuchern und Bäumen aufgelockerte Rasenfläche wurde von einer hohen Hecke begrenzt, hinter der die Nachbarvilla nur zu erahnen war. Unglaublich, dachte die Kommissarin, was für Wohnsitze sich die Reichen dieses Landes leisten konnten!

«Und weshalb glauben Sie, dass es Ihr Nachbar war?»

«Ha!» Erika Müller verwarf theatralisch die Hände. «Sie glauben doch wohl nicht, dass die Leute hier, im Villenquartier, besser seien als anderswo? Nein, dieser

Herbert Huber und seine Frau Anna haben uns, seit wir vor achtzehn Jahren hierher gezogen sind, nur das Leben schwergemacht. Alle Mittel waren denen recht, um uns auf die Palme zu bringen. Einmal hingen die Äste unserer Bäume über die Grundstücksgrenze, einmal machte unser Hund zu viel Lärm, einmal wehten Unkrautsamen zu ihnen hinüber, einmal... Ach, vergessen wir es!»

«Was macht Sie so sicher, dass er es war?»

«Er hat Marcel mit dem Tod gedroht!»

«Wie kam denn das?»

«Wissen Sie, dieser Herbert ist einfach unmöglich! Vor kurzem hat er skrupellos irgendwelche Abfälle in seinem Garten verbrannt, und schwarze Rauchwolken haben unser Haus beinahe erstickt. Da wurde es meinem Marcel zu viel, und er hat bei der Polizei Anzeige erstattet. Und am nächsten Tag ging es los! Herbert kam herüber, hat meinen Mann aufs Übelste beschimpft und ihm mit dem Tod gedroht!»

«Das haben Sie wörtlich so gehört?»

«Aber todsicher!»

«Frau Müller, ich danke Ihnen für die Auskünfte.» Die Kommissarin erhob sich, liess sich vom Hausmädchen zur Tür geleiten und verliess das Grundstück. Wie würde wohl dieser angeblich so schlimme Nachbar die Geschichte erzählen?

«Bitte treten Sie ein, Frau Kommissarin.»

Herbert Huber führte Claudia Harder ins Wohnzimmer und wies den Butler an, ihnen einen Aperitif zu servieren. Die Kommissarin schaute sich um. Auch Hubers Villa samt Parkanlage war äusserst beeindruckend, aber doch eine Spur weniger luxuriös als diejenige der Müllers. Lag vielleicht darin die Ursache des nachbarlichen Zwists? Permanente Eifersucht?

«Herr Huber», begann sie, «Sie haben Ihren Nachbarn Marcel Müller kürzlich mit dem Tod bedroht.»

«Ha!» Huber warf einen bösen Blick in Richtung der anderen Villa. «Also deswegen kommen Sie jetzt zu mir? Wissen Sie, wir treiben seit achtzehn Jahren unser Katz- und Mausspiel miteinander. Diese elenden Müllers, immer haben sie etwas auszusetzen an uns, suchen nichts als Streit wegen irgendwelchen Kleinigkeiten! Zeigt mich doch dieser Müller bei der Polizei an, weil ich angeblich etwas unsachgemäss verbrannt habe. So eine Lappalie! Zugegeben, ich war sauer und habe ihm meine Meinung gesagt. Aber ich bitte Sie, man kann doch so eine spontane Bemerkung nicht als ernstgemeinte Todesdrohung verstehen!»

Die Kommissarin musste ein Schmunzeln unterdrücken. «Ja, offensichtlich gab es dieses Katz- und Mausspiel zwischen euch Nachbarn. Es sieht aber ganz so aus, also ob die Katze jetzt die Maus gefressen hätte.»

«Wie bitte?»

«Müller wurde heute früh im Wald oben tot aufgefunden. Höchstwahrscheinlich ermordet.»

«Oh nein!» Huber war jetzt doch eine Spur blasser geworden.

«Wo waren Sie gestern zwischen achtzehn und einundzwanzig Uhr, Herr Huber? Und kann das jemand bestätigen?»

«Mein Alibi...», murmelte Huber, «also, ehm... Ich war die ganze Zeit zuhause. Leider allein. Meine Frau ist vorgestern mit einer Freundin nach Florenz gefahren.»

«Wie sieht jetzt die Indizienlage aus?», fragte Claudia Harder am übernächsten Morgen ihren Assistenten Marc Waser.

Marc strich sich die langen blonden Haare aus der Stirn. «Nun ja, die Sachlage ist ziemlich eindeutig. Müller wurde, mit gebrochenem Genick, am Fuss des Hornfelsens, einer zwanzig Meter hohen senkrechten Wand, gefunden. Dass Müller aus Unachtsamkeit abgestürzt ist, ist höchst unwahrscheinlich, denn der Fussweg, der über den Felsen führt, ist mit einem stabilen Geländer gut abgesichert.»

«Und was sagen die Spuren? Kann oder muss es dieser Nachbar Herbert Huber gewesen sein?»

«Absolut! Am Toten konnten an mehreren Stellen Hautzellen sichergestellt werden, die laut Bericht des Kriminaltechnischen Dienstes eindeutig von Herbert Huber stammen. Als hätte es einen Kampf zwischen den beiden gegeben. Kann es da noch Zweifel am Tathergang geben? Müssten wir nicht Huber sofort verhaften?»

Claudia zuckte unschlüssig mit den Schultern. «Es scheint tatsächlich alles gegen diesen Huber zu sprechen. Aber bleiben wir lieber vorsichtig und warten noch den Schlussbericht des Pathologen ab.»

«Wer hätte das gedacht?», rief Claudia, als sie zwei Tage später in Marcs Büro kam. «So ein durchtriebenes Paar! Kamen sich wohl besonders schlau vor! Dabei war doch klar, dass so ein Coup niemals gutgehen kann!»

«Ich verstehe nur Bahnhof», sagte Marc und hob seine Brauen.

«Sieh mal hier, der Schlussbericht des Pathologen.» Claudia streckte ihm ein mehrseitiges Dokument hin.

Gierig überflog Marc die Seiten. «Was soll denn das bedeuten?», stiess er plötzlich aus. «Der Verstorbene wies eine ausserordentlich grosse Menge an Beruhigungs- und Schmerzmitteln im Blut auf. Warum hat er denn mit diesem Medikamentencocktail einen Waldspaziergang gemacht?»

«Lies weiter!»

Es dauerte nicht lange, und Marc liess den Bericht sinken. «Langsam dämmert es mir. Marcel Müller hatte Krebs und nur noch eine geringe Lebenserwartung. Hat er sich also doch selber umgebracht? Aber warum hatte er Spuren von Huber auf sich?»

Claudia schenkte ihm ein Lächeln. «Ich hatte eine Vermutung und habe nochmals mit Erika Müller gesprochen. Sie ist sehr

bald zusammengeklappt und hat alles zugegeben. Ihr Mann wollte seinem qualvollen Leben ein Ende setzen und sich gleichzeitig an seinem verhassten Nachbarn rächen. Es fehlte nur noch die passende Gelegenheit dazu.

Diese ergab sich aber wie von selbst, als Huber kürzlich bei Müllers aufkreuzte, um seinem Ärger über die Anzeige Luft zu machen. Ein Taschentuch rutschte ihm unbemerkt aus der Hose, und Müller begriff sofort, dass es darauf Hautzellen von Huber haben musste.»

«Alles klar!», rief Marc. «Mein Kompliment für deine Kombinationsgabe, Claudia!»

Unheil am Amazonas

Nein, es waren keine natürlichen Geräusche im Urwald des Amazonas. Sie kamen von riesigen Maschinen, die sich unaufhaltsam und immer tiefer in den zuvor unberührten Urwald hinein frassen und Baum um Baum fällten. Der Hunger der Menschen nach Land im brasilianischen Urwald war unersättlich. Hektare für Hektare wurde gerodet, um Soja anzubauen oder Weiden für Rindvieh zu gewinnen.

Die Kapuzineraffen bemerkten als erste die Bedrohung. Als Kapu, ihr Anführer, die Maschinen näherkommen hörte, da wusste er: Jetzt ging es ums Ganze! Ihr Lebensraum drohte zerstört zu werden. Ohne den Urwald hatten die Kapuzineraffen keine Zukunft! Sofort rief Kapu seine Herde zusammen. Die 23 Alttiere mit den 11 Jungen gehorchten ihrem Anführer augenblicklich und versammelten sich auf den oberen Ästen eines mächtigen Baumes. Kapu streckte sich auf die Hinterbeine, hob seine langen dünnen Arme empor und schaute in die versammelte Runde.

„Liebe Kapuziner", begann er mit einer für so einen kleinen Affen erstaunlich dröhnenden Stimme, „wir haben ein grosses Problem. Der sogenannte Homo sapiens, ein, ehm... leider... wie peinlich... entfernter Verwandter von uns, dringt gewaltsam in unseren Lebensraum ein. Er fällt die Bäume, auf denen wir leben, und wir Affen werden, wenn wir nicht handeln, alle elendiglich zugrunde gehen."

„Aber was können wir denn dagegen machen?", fragte jetzt Aldu, der zweitälteste und Vizechef der Herde, „wir sind doch diesem Unheil hilflos ausgeliefert!"

„Nein!", widersprach Kapu resolut. „Sind wir denn nicht die intelligenteste Tierart im ganzen Amazonas? Wenn wir uns nicht gegen die Zerstörung unserer Lebensgrundlagen wehren können, wer dann? Aber ein Stück weit hast du recht, Aldu. Alleine schaffen wir es nicht. Nur in Zusammenarbeit mit anderen Tierarten werden wir diesen Homo sapiens bremsen können."

„Haha!", lachte Aldu hämisch, „Wie soll denn das je funktionieren, Zusammenarbeit? Und mit wem?"

Kapu liess sich nicht aus der Ruhe bringen. „Ich weiss, es klingt absurd, aber wir müssen mit unserem ärgsten Feind zusammenarbeiten."

„Was! Mit dem Jaguar?", schrie Aldu. „Der uns bei jeder Gelegenheit nachstellt und unsere Jungen frisst? Das kann doch nicht dein Ernst sein?"

Kapu knurrte und machte sich so gross, wie er konnte. „Doch, absolut. Nur der Jaguar vermag, mit seinem Gebrüll und seinen riesigen Zähnen, den Homo sapiens zu vertreiben. Wir haben keine Wahl, wir müssen mit unserem Feind verhandeln."

Die Kapuzineraffen waren beeindruckt von Kapus Rede, und niemand wagte mehr zu widersprechen.

Schon am nächsten Tag ging die Verhandlung los. Kapu sass in zehn Metern Höhe auf einem dünnen Ast, während sich der Jaguar auf dem Urwaldboden räkelte, zu Kapu hinaufblinzelte und immer wieder ein warnendes Fauchen hören liess. Kapu erklärte dem Jaguar in möglichst einfachen Worten, was er vorhatte.

„Na ja", brummte der Jaguar unwillig, „ich weiss schon, dass du viel intelligenter bist als ich. Am liebsten würde ich dich zwar auffressen, aber deine Rede leuchtet mir doch irgendwie ein. Wenn dieser Homo sapiens unseren Lebensraum zerstört und es keine Affen mehr gibt, dann habe auch ich weniger zu fressen. Dein Vorschlag klingt gar nicht so übel: Ich soll mit meinem Gebrüll und meinen spitzen Zähnen diesen Eindringling vertreiben. Ja, warum nicht? Menschenfleisch schmeckt auch ziemlich lecker."

Kapu war zufrieden. „Bravo, Jaguar, du hast es kapiert! Auf unsere Zusammenarbeit!"

Kapu hangelte sich zurück zu seiner Herde, doch plötzlich kamen ihm Bedenken. Die Kooperation mit dem Jaguar ist zwar ein guter Anfang, überlegte er sich, aber noch viel besser wäre eine Art von Frühwarnsystem. Man müsste jemanden haben, der diesen Homo sapiens schon von weitem herannahen sieht und uns rechtzeitig warnen kann. Kapu überlegte hin und her, bis ihm plötzlich eine Idee kam: Fliegen sollte man können! Hoch über den Baumkronen segelnd, würde man den Feind schon von weitem erkennen. Kapu war ganz aufgeregt. Ja, so könnte es klappen!

Er hangelte sich in die höchste Baumkrone und hielt nach einem Papagei Ausschau. Bald schon segelte ein wunderschön bunt gefärbter Ara nieder und liess aus seinem mächtigen Schnabel ein lautes Krächz vernehmen.

„Hallo, lieber Ara", sagte Kapu, „weisst du eigentlich, dass deine Zukunft bedroht ist? Homo sapiens dringt mit riesigen Maschinen in unseren Urwald ein und fällt alle Bäume. Schon bald wirst du keine Früchte mehr zum Fressen finden und auch keine Baumhöhlen, um dein Nest zu bauen und deine Jungen grosszuziehen."

„Ist das wirklich wahr?", krächzte der Vogel und bewegte seinen riesigen Schnabel majestätisch langsam auf und ab.

„Ehrenwort!", erwiderte Kapu, „und wenn wir zwei nicht zusammenarbeiten, werden wir beide aussterben. Hier also mein Vorschlag: Du hältst beim Fliegen Ausschau und meldest mir sofort, wenn so eine Maschine in Sichtweite ist. Dann werde ich meinen Freund, den Jaguar, losschicken, und er wird unseren Feind das Fürchten lehren!"

„Toll, das machen wir!" krächzte der Ara, breitete seine Flügel aus und flatterte in den blauen Himmel empor.

Leider wurde der Jaguar am nächsten Tag von einem Homo sapiens erschossen. Und so fand die grosse Koalition am Amazonas ein trauriges vorzeitiges Ende.

Die Wand

Vorsichtig öffne ich den Reissverschluss des Zeltes und strecke den Kopf hinaus. Ein freudiges Gefühl durchströmt mich. Der wolkenlose Himmel leuchtet, traumhaft schön, in einem Ton irgendwo zwischen violett und rosa. Hier unten ist es zwar noch schneidend kalt, doch der obere, eisgepanzerte Teil der Wand glitzert schon im Sonnenschein! Mein Puls beschleunigt sich. Hat das lange Warten nun endlich ein Ende? Werden wir die Erstbesteigung doch noch schaffen?

Mit einem Satz bin ich draussen und rüttle am Nachbarzelt. «Peter! Aufwachen! Es geht los!»

Es dauert fast eine Minute, bis Peters Lockenkopf auftaucht. «Oh! Oho, dieses Wetter!» ruft er, stürzt heraus und beginnt so etwas wie einen Freudentanz um die Zelte herum. «Ja, wir packen's!», schreit er immer wieder.

Doch plötzlich kommen mir Zweifel. Wird das schöne Wetter anhalten, oder ist es wieder einmal nur so ein lausiges Zwischenhoch? Ich bücke mich zum Zelteingang, hole das Handy heraus und suche den staatlichen Wetterbericht für das südliche Kaschmir. Mir bleibt das Herz stehen: Eine starke Gewitterfront sei im Anzug, und ab morgen werde es bis weit herunter schneien! Verfluchtes Pech! Spätestens in drei Tagen müssen wir auf jeden Fall abreisen. Und alle Pläne sausenlassen?

Ich schaue hoch. Vor mir türmt sich die herrliche, unten felsige, oben eisglitzernde Ostwand des Kala Kompa in den blauen Himmel. Ein an sich unbedeutender

Gipfel im Kaschmir, nur 6'200 Meter hoch. Und doch: Noch kein einziger Mensch ist je dort oben gestanden! Und wir, Peter und ich, könnten die ersten sein! Mir wird beinahe schwindlig, wenn ich mir vorstelle, dass unsere Namen im Buch der Erstbesteigungen stehen werden…

Unterdessen ist Peter zu mir getreten und starrt auf den Bildschirm. «Scheisse!», sagt er bloss.

Aber ich sehe, wie seine Augen feucht werden. «Meinst du…», frage ich vorsichtig, «wir könnten es nicht trotzdem wagen…?»

Peter starrt mich ungläubig an. «Bist du lebensmüde?», zischt er mich an.

«Es wäre unsere letzte Chance», versuche ich es weiter. «Drei andere Seilschaften sind schon auf dem Weg hierher, und eine von ihnen würde es bestimmt auf den Gipfel schaffen.»

Peter fängt plötzlich an zu grinsen und boxt mich in die Brust. «Verdammt, ich habe dich unterschätzt, Freundchen! Ganz schön leidenschaftlich, was?»

Mein Herz macht einen Satz. «Das heisst… Du machst mit?» Statt einer Antwort klopft er mir nur auf die Schulter. Ich bin überglücklich!

Zwei Stunden später sind wir mitten in der Wand. Die Sonne scheint warm auf den Fels, und wir gewinnen rasch an Höhe. Jetzt zahlt sich die Routine ungezählter gemeinsamer Klettertouren aus. Unser Geist ist aufs äusserste konzentriert, unsere Körper sind in perfekter Spannung. Ohne Hast bewegen wir uns, Schritt um

Schritt und Griff um Griff, nach oben. Abgehoben von allem Irdischen, durchströmt mich ein unbeschreibliches Gefühl, ein Gefühl von Glück und grenzenloser Freiheit. Der Weg selbst ist zum Ziel geworden. Der Gipfel erscheint so weit weg und bedeutungslos.

Auf einem winzigen Absatz bleiben wir stehen, atmen tief durch, trinken einen Schluck warmen Tee und knabbern einen Getreideriegel. Drei Adler ziehen, knapp unter uns, beinahe ohne Flügelschlag im Aufwind ihre Kreise. Ein majestätisches Bild! Ringsum erheben sich die schneebedeckten Gipfel des Kaschmir in den Himmel. Wir können uns kaum sattsehen an diesem Wunder der Natur und vergessen beinahe die Zeit.

Oh je! Ein fernes Donnergrollen holt mich in die Realität zurück. Mein Herz bleibt beinahe stehen, als ich die gigantische schwarze Wolkenwand hinter den westlichen Bergen sehe. Und wir haben noch kaum die Hälfte der Wand geschafft! Wird es noch bis zum Gipfel reichen? Und wie sollen wir den Abstieg überstehen? Ich schaue zu Peter hin. Stumm hält er seinen Daumen nach oben.

Also auf geht's! Mit verdoppeltem Tempo keuchen wir die Wand hoch und sichern uns nur noch dort, wo es unbedingt nötig ist. Wir legen unsere letzten Kräfte frei und klettern wie besessen in die Höhe. Noch ein Tritt, noch ein Griff, und immer so weiter, als gäbe es keine Wahl! Doch es wird rasch dunkler, der Wind nimmt zu, Nebel kommt auf. Und plötzlich zuckt ein greller Blitz durch den Himmel, und keine zwei Sekunden später kracht ein gewaltiger Donner durch die Luft.

Wir sind mitten im Gewitter! Die Angst lähmt mich beinahe, doch instinktiv klammere ich mich an das Seil und versuche, ruhig Blut zu bewahren.

Peters trauriger Blick sagt mir alles. Es braucht keine Worte zwischen uns. Alles ist aus, unsere Träume sind begraben! Sorgfältig befestigen wir das Seil an einem Felsvorsprung, binden uns an und lassen uns, Meter für Meter, die Wand hinab gleiten. Unzählige schmerzliche Male wiederholen wir diese Prozedur und erreichen schliesslich unsere Zelte.

Ein letztes Mal blicke ich zur dunkel und abweisend über mir stehenden Wand des Kala Kompa hoch. Leb wohl, flüstere ich dem Berg zu, ein anderer Mensch wird dich bezwingen und die Lorbeeren ernten… Verlegen wische ich mir eine Träne aus den Augen und krieche in mein Zelt.

Der Anruf

Polizeiwachtmeister Schlatter hörte im Nachbarbüro das Telefon klingeln. Da die Verbindungstür einen Spalt weit offen stand, bekam er zwangsläufig mit, was sein Kollege, Korporal Mettler, sagte.

«Guten Morgen... Was, Vögel beobachten Sie? ... Aha, einen Einbrecher haben Sie gesehen? Wo genau? ... Ja, ich kenne diese Villa... Können Sie den Mann beschreiben? ... Aha, gross und schlank ... Bitte nennen Sie mir noch Ihren Namen ...»

Mettler erschien mit ärgerlicher Miene im Türrahmen. «Verdammt! Hat einfach aufgehängt! Leute, die Vögel beobachten, sind wohl ein wenig durchgeknallt...»

«Nur keinen Stress», lachte Schlatter. «Ich musste wohl oder übel mithören. Um welche Villa geht es denn?»

«Ich muss sofort los», stiess Mettler aus. «Offenbar macht sich ein Einbrecher am Haus von Susanna Tobler zu schaffen.»

«Oh, bei dieser reichen Dame am See? Das ist mehr als übel.»

«Mist, dass wir ausgerechnet heute nur zu zweit im Dienst sind. Es ist doch immer wieder dasselbe. Kaum ist ein Kollege krank, ist der Polizeiposten unterbesetzt. Da muss ich wohl alleine losziehen.»

Schlatter hob die Schultern. «Ich verstehe deinen Ärger. Aber einer muss wirklich hier die Stellung halten. Und... Pass auf dich auf, geh keine Risiken ein!»

«Wird schon klappen», brummte Mettler und verliess den Raum.

«Oh je! Erschlagen wurde sie? Die arme Frau!» Schlatter schüttelte den Kopf.

«Ja, es sah schlimm aus», bestätigte Mettler. «Die Frau in ihrem Blut, und diese Unordnung im Haus, alles durchwühlt... Es sieht so aus, als hätte sie den Einbrecher überrascht und dies mit ihrem Leben bezahlt... Nun, der Kriminaltechnische Dienst ist bereits mit einem Grossaufgebot vor Ort.»

«Kanntest du diese Frau persönlich, Mettler? Du bist doch hier im Dorf aufgewachsen.»

«Ja, wer hat sie nicht gekannt, die Susanna Tobler, geborene Lauber? Sie war nur ein Jahr älter als ich. Witwe des schwerreichen Industriellen Friedrich Tobler. Seitdem wohnte sie ganz allein und zurückgezogen in dieser prächtigen Villa am See. Eine sehr nette Dame, ab und zu begegnete man ihr im Dorf beim Einkaufen. Man munkelte, sie horte grosse Mengen an Schmuck und Bargeld im Haus. Ob das wohl gestimmt hat?»

«Oh! Gar keine gute Ausgangslage, um vor Einbrechern geschützt zu sein! Gibt es denn keine Bediensteten?»

«Auch das weiss ich nur vom Hörensagen. Sie soll eine Reinigungsfrau, einen Gärtner und einen Mann für alles beschäftigt haben. Du meinst, eine von diesen Personen könnte in Versuchung zum Diebstahl geraten sein?»

«Durchaus denkbar. Und dann... Sag mal, wer wird eigentlich das ganze Vermögen erben?»

«Interessante Frage. Susanna Tobler blieb kinderlos. Vielleicht ihre Geschwister oder diejenigen ihres Mannes? Oder hat sie ein Testament hinterlassen?» Mettler grinste. «Jedenfalls kommt eine ganze Menge Arbeit auf unsere hübsche Kommissarin zu!»

Valentina Campa, Hauptkommissarin im Bereich Leib und Leben, war gar nicht zufrieden. Sie hatte das Gefühl, dieser Mordfall wachse ihr über den Kopf hinaus. Es gab beinahe nichts, woran sie sich klammern konnte! Der Chef des Spurensicherungsdienstes hatte ihr zerknirscht gestehen müssen, dass die Spurenlage äusserst dünn sei. Selbstverständlich fand man überall Fingerabdrücke und Hautpartikel der drei Hausangestellten, jedoch keine solchen von anderen Personen. Ein Balkonfenster im ersten Stock wies Spuren eines Einbruchs auf. Die Hausherrin war, laut Bericht des Pathologen, in ihrem Schlafzimmer zwischen acht und neun Uhr morgens getötet worden. Bargeld und Schmuck, die es nach Aussage aller drei Angestellten tatsächlich gegeben habe, waren verschwunden. Den unbekannten Zeugen, der kurz vor acht Uhr morgens die Polizei alarmiert hatte, hatte man trotz Aufrufs in den Medien nicht finden können. Dieser Anrufer hatte von einer grossen schlanken Person gesprochen, die an der Fassade hoch auf einen Balkon geklettert sei.

Wütend starrte Valentina Campa auf die vor ihr liegenden Rapporte. Wo lag die Lösung? Hatte sie etwas übersehen? War sie schon betriebsblind? Sie rief sich nochmals die möglichen Täter vor Augen. Die

Reinigungskraft? Kaum, denn sie war klein und mollig. Der Gärtner oder der Mann für alles? Beide verdächtig. Den Einbruch hätten sie vortäuschen können, um von sich abzulenken. Aber gab es irgendein Motiv, die Dame umzubringen? Das war der Knackpunkt! Beim Diebstahl überrascht zu werden, wäre das wirklich ein Grund für einen Mord? So wie sie die beiden Männer in der Befragung erlebt hatte, zweifelte Valentina stark an dieser These. Und wenn beide unschuldig waren, wer kam überhaupt noch infrage? Das beträchtliche Erbe von Susanna Tobler konnte nicht das Motiv sein, da sie testamentarisch alles dem Zoologischen Garten vermacht hatte. Valentina überlegte hin und her, wie sie weiterkommen könnte. Nein, es hat keinen Sinn, ich mache jetzt Feierabend. Wer weiss, vielleicht zeigt mir heute Nacht ein Traum den richtigen Weg?

Aber es ging schneller, als sie gedacht hatte. Schon auf dem Heimweg schoss ihr ein neuer Gedanke durch den Kopf. Hey! Wenn es so gewesen wäre? Ja, sie musste dies sofort abklären! Sie machte rechtsumkehrt und eilte zurück zum Präsidium.

«Es hat an der Tür geklingelt», rief Mettler aus dem Nachbarbüro. «So, so, und ich soll wohl aufmachen gehen», brummte Schlatter, erhob sich und ging zum Schalterraum. «Oh, was für eine Überraschung!», stiess er aus. «Kommissarin Valentina Campa beehrt uns mit einem Besuch.»

«Guten Morgen, Wachtmeister Schlatter. Ja ich komme persönlich, weil es die Wichtigkeit der Sache erfordert. Ich muss nämlich Korporal Mettler dringend sprechen.»

«Aber sicher. Er ist in seinem Büro. Ich führe Sie hin.»

«Korporal Mettler», sagte die Kommissarin und blickte ihm direkt in die Augen, «ich habe keine guten Neuigkeiten für Sie. Ich muss Sie im Namen des Gesetzes festnehmen wegen des dringenden Verdachts, Susanna Tobler ermordet zu haben.»

«Was!», schrie Schlatter auf. «Mettler soll es gewesen sein? Das ist unmöglich! Ich habe doch mit eigenen Ohren gehört, wie er diesen Anruf des Zeugen entgegengenommen hat!»

Die Kommissarin schenkte ihm ein Lächeln. «Das glauben Sie, Wachtmeister. Aber es war ganz anders. Wir haben nämlich die eingehenden Telefonanrufe rückwärtsverfolgt. Der einzige Anruf, den Korporal Mettler an diesem Morgen in seinem Büro erhalten hat, kam von seinem eigenen Handy!»

«Oh!» Schlatter hob seine Brauen. «Langsam kapiere ich. Das ganze Telefongespräch war komplett fingiert. Kein Zeuge, kein Einbrecher am Haus…»

«So ist es. Mettler hat sich da einen ziemlich raffinierten Plan ausgedacht, um nicht in Verdacht zu kommen.»

«Aber… Warum hat er denn die Dame umgebracht?»

«Das kann er Ihnen vielleicht selber sagen. Bitte, Korporal Mettler?»

Mettler war ganz in sich zusammengesunken. Er stützte seinen Kopf in die Hände, Tränen rannen ihm über die Wangen. «Ach, weisst du, Schlatter, ich habe Susanna so geliebt… Seit meiner Jugend schon… Und jedes Mal hat sie mich abgewiesen. Aber jetzt, nach Friedrichs Tod, da hätte sie mich doch erhören müssen! Ich habe vollkommen durchgedreht, als sie mich erneut zurückgewiesen hat... Ach, besser hätte ich mich selber gerichtet...»

«Kommen Sie jetzt mit», unterbrach ihn die Kommissarin mit einer auffordernden Handbewegung. «Und... Wir brauchen wohl keine Handschellen.»

Hummelglück

Es war Herbst, die Tage wurden kürzer, die Nächte kühler. Im Bauerngarten der Familie Zemp in Entlebuch waren die Sonnenblumen längst verblüht, schwer neigten sich die Köpfe voll reifer Samen gegen die Erde zu.

Erntezeit! Ein ganzer Schwarm von hungrigen Distelfinken war im Garten eingefallen. Emsig turnten die kleinen Vögel mit dem knallroten Gesicht und der leuchtendgelben Seite auf den Sonnenblumen herum und frassen die leckeren, nahrhaften Samen.

Aber etliche Samen entgingen den Vögeln, fielen auf die Erde und harrten dort den ganzen Winter über aus.

Endlich! Der April war da! Die wärmende Sonne und die lauen Frühlingsregen erweckten die Erde zu neuem Leben. Und etliche der herabgefallenen Samen fingen an zu keimen, bildeten Würzelchen und einen Stängel mit den ersten kleinen grünen Blättern. Zum Glück hatte die Bäuerin im Herbst die alten Sonnenblumenstängel nicht abgeschnitten. So konnten die jungen Pflänzchen im Schutz der Vorjährigen unbesorgt aufwachsen. Und als der Mai mit grosser Wärme ins Land zog, setzten die jungen Pflanzen zu einem rasanten Wachstum an.

Ella war eine von diesen jungen Sonnenblumen. Sie hatte schöne Wurzeln angesetzt, war dem drohenden Schneckenfrass entgangen, hatte schon sechs Blätter und war mittlerweile dreissig Zentimeter hoch. Sehnsüchtig blickte Ella zu ihrer stattlichen, mehr als zwei Meter hohen, im Vorjahr gewachsenen Nachbarin hoch.

«Hallo», wisperte sie ganz schüchtern, «liebe Nachbarin, hörst du mich?»

«Aber sicher», erwiderte die grosse Sonnenblume in einem sehr tiefen Ton, «es freut mich, meine Kleine, dass du so schön wächst und schon bald deine Blütenpracht entfalten wirst. Übrigens heisse ich Berta.»

«Oh, danke, Berta. Ich heisse Ella. Aber weisst du, ich kann mir gar nichts vorstellen unter dieser Blütenpracht. Wie ist das denn so?»

«Ich erkläre es dir gerne, meine Kleine. Wir Sonnenblumen als einjährige Pflanzen blühen nur einmal im Leben, aber ich kann dir versprechen: Es ist wunderschön! Den ganzen Tag über schwirren Bienen, Hummeln, Wespen und Schmetterlinge um dich herum und wollen von deinem süssen Nektar und den nahrhaften Pollen kosten. Ein herrliches Gefühl, sage ich dir! Da könnte man sich glatt in eines dieser farbenprächtigen Insekten verlieben!»

Ella war fasziniert. Was ihre grosse Nachbarin nicht alles wusste! «Verlieben, ist das so etwas wie heiraten?», fragte sie schüchtern.

Berta lachte aus voller Kehle. «Du sprichst aber altklug, kleines Pflänzchen! Warte es nur ab, der Sommer kommt früh genug!»

Und tatsächlich, im Juli war Ella zu einer stattlichen Pflanze herangewachsen und begann, ihren Kopf mit Hunderten von kleinen Blüten auszubilden. Eines sonnigen Morgens waren die ersten Blüten offen, und sogleich stellten sich Bienen, Hummeln, Wespen und

Schmetterlinge ein, um vom Nektar und den Pollen zu naschen. Ella wurde beinahe schwindlig, weil so viele Insekten kreuz und quer über ihre Blüten summten und krabbelten. Erst als der Abend heranbrach, wurde es ruhiger, und als im Westen die flammend rote Sonnenscheibe sich dem Horizont näherte, sass nur noch eine letzte Hummel auf ihrem Blütenkopf.

«Na, kleine Hummel, willst du etwa bei mir übernachten?» fragte Ella zart.

Aber die Hummel antwortete nicht, breitete ihre Flügel aus und flog davon.

Am Tag darauf wiederholte sich das ganze Spektakel mit all den Bienen, Hummeln, Wespen und Schmetterlingen. Ella nahm das Ganze heute schon viel gelassener und amüsierte sich am geschäftigen Treiben. Doch als es Abend wurde, kam wieder die kleine Hummel von gestern angeflogen, suchte sich eine geöffnete Blüte und begann gierig, den süssen Saft zu saugen.

«Na, kleine Hummel», sagte Ella erfreut, «schmeckt es dir?»

Aber die Hummel antwortete nicht, breitete ihre Flügel aus und flog davon.

Ella war ein wenig enttäuscht. Versteht sie meine Sprache nicht, fragte sie sich, oder ist sie gar taub? Plötzlich fühlte sie sich ganz einsam, und aus einer der Blüten floss… Nein, keine Träne, bloss ein wenig Nektar.

Am nächsten Morgen erwachte Ella mit einem seltsamen Gefühl, das sie noch nicht kannte. Sie suchte nach einem Namen dafür. Sehnsucht? Ja, das passte. Den ganzen Tag hielt sie nach der kleinen Hummel Ausschau, ohne auf die unzähligen anderen Besucher ihrer Blüten zu achten. Endlich, als es Abend wurde, kam die kleine Hummel angeflogen und setzte sich auf eine soeben aufgegangene Blüte.

«Bitte, sag doch was, kleine Hummel», bettelte Ella.

Die kleine Hummel hörte auf zu saugen und hob ihren Kopf. «Wer spricht denn da?», wisperte sie ganz leise.

Ella hätte einen Luftsprung tun mögen! «Ich!», rief sie freudig, «ich, die Sonnenblume.»

«Oh!», sagte die kleine Hummel, «schön, haben wir dieselbe Sprache. Weisst du, meine fünfhundert Schwestern im Nest verstehe ich zwar auch, aber was die für blödes Zeug daherreden, das langweilt mich nur.»

«Dann langweile ich dich also nicht? Übrigens, ich heisse Ella.»

Die kleine Hummel flog kurz auf, landete aber gleich wieder auf dem Blütenkopf. «Ella? Klingt gut. Aber wir Hummeln haben keine Namen. Wozu auch, bei fünfhundert Schwestern?»

«Sag mal, kleine namenlose Hummel. Gefällt es dir eigentlich hier bei mir?»

«Ja, ja, schon, aber jetzt muss ich dringend nachhause.» Sie breitete ihre Flügel aus und flog davon.

Auch am nächsten und am übernächsten Tag kam die kleine Hummel wieder zu Ella, diesmal schon am Vormittag, und sie blieb eine ganze Weile.

«Warum kommst du eigentlich immer zu mir?», fragte Ella schliesslich. «Ist mein Nektar süsser als bei anderen Blumen?»

«Nein, das nicht», antwortete die kleine Hummel, «aber irgendwie, wie soll ich es sagen, finde ich es schön bei dir. Hier fühle ich mich geborgen, beinahe wie zuhause in unserem Hummelnest.»

Ella konnte ihr Glück kaum fassen. Voller Zärtlichkeit betrachtete sie die kleine Hummel und wünschte sich, dieser Augenblick von Liebe würde nie vergehen.

Bald schon blieb die kleine Hummel den ganzen Tag über bei Ella, und all die anderen Insekten merkten, dass sie hier nichts mehr verloren hatten. Ella und die kleine Hummel sprachen nicht viel miteinander, aber sie wussten, dass sie zusammengehörten. Ach, es war so schön, dass es jemanden gab, auf den man sich freuen konnte! War das jetzt Liebe, fragte sich Ella. Konnte es denn eine Liebe geben zwischen einer Blume und einer Hummel? Und wer vermochte dies zu entscheiden? Aber für Ella war es klar: Die kleine Hummel war ihr Lebensglück, ihre Erfüllung, ihr Ein und Alles!

Die Wochen vergingen, und auf einmal kam der Herbst ins Land. Im Oktober war es schon kühl, und Anfang November wurden die Nächte frostig kalt.

«Weisst du», sprach die kleine Hummel eines Morgens zu Ella, «meine Zeit läuft jetzt ab. Leider bin ich keine Hummelkönigin, deshalb werde ich bald sterben.

Es war sehr schön bei dir, aber jetzt muss ich Abschied nehmen.»

Ohne ein weiteres Wort breitete die kleine Hummel ihre Flügel aus und flog davon

Ella war untröstlich und weinte bitterlich. Warum musste ihr Glück so plötzlich enden? Jeden der folgenden Tage hielt sie Ausschau nach ihrer kleinen Hummel, aber es war vergebens.

Weihnachtstag, 25. Dezember. Ein kalter blauer Himmel wölbte sich über den in Eis und Schnee erstarrten Bauerngarten der Familie Zemp in Entlebuch. Schwer neigten sich die Köpfe der Sonnenblumen mit ihren reifen Samen gegen die Erde. Gegen Mittag flog ein Schwarm von Distelfinken ein und begann, sich an den Sonnenblumensamen zu nähren. Auch Ellas Samen waren reif und wurden eifrig gepickt. Aber einige fielen zu Boden. Sie würden den ganzen Winter ausharren, und etliche davon könnten im Frühling zu neuen Sonnenblumen heranwachsen. Und ganz bestimmt würde eines Tages auch wieder eine kleine Hummel auftauchen.

Sackgasse

Wäre ich doch nicht in dieses Konzert gegangen! Es hat viel zu lange gedauert, und die Qualität der Musik war… Naja, Schwamm drüber! Jedenfalls ist es schon Viertel nach zwölf, ich bin hundemüde und will nur noch so rasch wie möglich nachhause, in mein bequemes Bett. Der letzte Bus ist vor zehn Minuten abgefahren, und das Geld für ein Taxi reut mich. Also zu Fuss, auf dem kürzesten Weg, quer durch die Gassen der Altstadt. Kein Mensch ist an diesem Donnerstag, nach Mitternacht und bei Nieselregen, noch unterwegs. Ich biege in die enge Bärengasse ein.

Da! Was ist das hinter mir? Eindeutig fremde Schritte, die von den Hausmauern widerhallen. Und zwar Schritte von mehreren Personen! Hat das mit mir zu tun? Ich erstarre. Hat man mich etwa an diesem Bancomaten am Marktplatz beobachtet? Ach, wäre ich doch vor dem Konzert noch schnell zuhause vorbeigegangen und hätte das Geld sicher deponiert! Jetzt trage ich diese blöden fünf Hunderter immer noch mit mir herum und werde bestimmt ausgeraubt!

Ach was, dummes Zeug, du siehst doch bloss Gespenster! Ich gebe mir einen Ruck, beschleunige meinen Schritt, biege entschlossen zweimal links ab und erreiche die Stapfergasse. Abrupt bleibe ich stehen und horche. Sind sie weg? Nein! Immer noch die Schritte hinter mir. Dreh dich doch endlich um und schau der Gefahr ins Gesicht, sage ich mir, doch die Angst lähmt mich komplett.

Plötzlich schiesst es mir siedend heiss durch den Kopf: Diese Bettlerin! Das muss es sein! Hätte ich ihr doch nur etwas gegeben! In ihrem schwarzen Rock, der bunt gemusterten Bluse und dem rot-weiss gemustertem Kopftuch sah sie wie eine Zigeunerin aus. Sie stand am Rand der Bahnhofhalle, hielt einen Hut in der Hand und fixierte mich mit ihren schwarzen Augen. Wie ich doch solche Situationen hasse! Natürlich habe ich, grundsätzlich gedacht, Mitleid mit armen Menschen. Aber in aller Öffentlichkeit zu betteln, und ausgerechnet mich um ein Almosen zu bitten, muss das wirklich sein? Instinktiv machte ich einen Schwenker und huschte an ihr vorbei. Aber die Worte, die sie mir, mit leiser, aber kristallklarer und hasserfüllter Stimme auf den Weg mitgab! Diese Verfluchung brannte sich in mein Herz ein! Und jetzt kommt die Abrechnung! Sie werden mich zusammenschlagen! Mein Atem beschleunigt sich nochmals, mein Puls rast weiter in die Höhe, meine Hände sind nass. Ich bleibe wiederum stehen und horche erneut. Ja, unentwegt hallen ihre Schritte auf dem Kopfsteinpflaster.

Nein, auch das noch! Mit einem kleinen Knall und einem letzten Flackern erlöschen plötzlich die Strassenlaternen, es wird schlagartig stockdunkel. Was ist denn jetzt los? Aber natürlich, ich erinnere mich: Der Stadtrat hat doch erst kürzlich beschlossen, um halb eins die Strassenbeleuchtung auszuschalten, um Energie zu sparen. Und ich stehe jetzt deswegen Todesängste aus!

Ich muss schnellstens weg von hier, weg von meinen Verfolgern! Langsam, sehr, sehr langsam gewöhnen sich meine Augen an die Dunkelheit. Sobald ich die

Silhouetten der Häuser wieder wahrnehme, renne ich los. Keuchend nähere ich mich der nächsten Kreuzung. Plötzlich ertönt ein furchtbares Quietschen, ein grelles Licht erscheint, biegt um die Ecke und blendet mir voll ins Gesicht. Mein Herzschlag setzt aus. Ein Auto braust heran, geradewegs auf mich zu! Man will mich zerquetschen! Ich nehme einen Satz nach links und drücke mich flach an eine Hauswand. Das Auto rauscht haarscharf vorbei, nur ein Luftzug streift mich. Puhhh!

Ich überlege fieberhaft, wie ich meine Verfolger abschütteln könnte. In welche Gasse soll ich einbiegen? Doch meine Anspannung ist zu gross, ich kann unmöglich klar denken. Also renne ich einfach los und biege dann instinktiv in eine schmale, von fünfstöckigen Wohnhäusern gesäumte Gasse. Nach wie vor zittere ich vor Angst: Was werden sie mir antun, als Rache der Zigeunerin? Mich fesseln, mich töten…?

Ich renne und renne in die Gasse hinein… und stoppe abrupt: Eine neue Welle von Panik bricht über mir zusammen. Die Strasse schliesst mit einer mindestens vier Meter hohen Mauer ab. Ich bin in einer Sackgasse gefangen! Einen Moment lang bin ich versucht, mich aufzugeben, auf die Knie zu sinken und loszuheulen. Aber Nein! Ich will weiterkämpfen! Mit den Fäusten haue ich wie wild auf die Mauer ein, aber natürlich gibt sie nicht nach. Dann beginne ich in meiner Verzweiflung zu schreien. Irgendjemand muss mich doch hören! Immer lauter brülle ich. „Hilfe! Hiiilfe!!!…"

„Was ist denn hier los, mitten in der Nacht?" Über mir, im zweiten Stock, ist ein Fenster aufgegangen, und eine

Frau beugt sich über die Brüstung. „Was soll das Geschrei? Verschwinden Sie sofort!"

Gottseidank! Mein Hilferuf wurde gehört! Aber... Ich blicke um mich und horche. Nichts! Absolute Stille. Keine Verfolger, keine Schritte. „Ehm... Ja... Ich gehe schon...", stammle ich zu der Frau hinauf.

Dann trete ich meinen Heimweg an. Ich kann es immer noch nicht glauben. Meine Müdigkeit und die dunklen, verlassenen Gassen haben mir wohl einen üblen Streich gespielt. Alles, die ganze Verfolgungsgeschichte, war pure Einbildung! Mit einem Seufzer atme ich auf.

Die letzten Saurier

Es gab noch keine Menschen auf der Erde. Damals. Noch lange nicht. Vor 65 Millionen Jahren herrschte das Zeitalter der Reptilien. Echsen, Schildkröten, Schlangen, Krokodile und Saurier bevölkerten in grosser Zahl den Globus. Es gab zwar noch andere Tiere, aber keines davon war auch nur annähernd so gross wie die Saurier. Sie waren die dominierenden Wesen auf der Erde! Und dumm waren die Saurier auch nicht. Im Gegenteil, sie waren gut organisiert und machten sich sehr wohl Gedanken um ihre Zukunft.

Die traditionelle Weltkonferenz Sauroworld fand dieses Jahr im Zentrum von Europa statt. Etwa auf jenem Fleck Erde, der später einmal Schweiz heissen würde. Ein warmes Meer bedeckte weite Teile von Mitteleuropa, und das subtropische Klima liess an den Küsten ausgedehnte Wälder mit Palmfarnen, Sumpfzypressen und Riesenschachtelhalmen gedeihen. Warm schien die Sonne auf die Küstenregion, wo sich die Saurier-Delegierten aus der ganzen Welt einfanden.

Doch die idyllische Natur täuschte. Schwerwiegende Probleme standen auf der Traktandenliste der weltweiten Sauriervereinigung. Und die Aussicht auf eine friedliche Einigung war minimal. Allen war klar, dass sich die zwei Fraktionen unter den Sauriern, die Fleischfresser und die Pflanzenfresser, niemals auf ein gemeinsames Programm einigen würden. Aber man versuchte sich einzureden, irgendein Wunder würde vielleicht die verfahrene Situation noch retten.

Als erster trat der Vorsitzende der Fleischfresser, Carnerix aus Nordamerika, auf die Rednerbühne. Acht Meter lang war er, und mit seinem mächtigen Maul voller spitzer weisser Zähne sah er extrem furchterregend aus. Carnerix streckte seinen dicken Hals weit in die Höhe, blickte selbstbewusst über die Delegiertenschar und begann seine Rede.

„Liebes Sauriervolk, wir müssen jetzt zusammenstehen! Es gibt viele Stimmen, fremde Stimmen, die uns weismachen wollen, unsere Zukunft sei gefährdet. Sogenannte Wissenschaftler verbreiten das Gerücht, in Mexiko werde bald ein riesiger Meteorit auf die Erde niedergehen, und die Staubwolke werde in den nächsten Jahren unser Klima so stark verschlechtern, dass wir Saurier nicht mehr genug zu fressen fänden."

Carnerix schaute in die Runde, bleckte seine Zähne und stiess ein sarkastisches Gelächter aus. „Ha, was für ein Unsinn! Einige dieser Spinner behaupten sogar, wir Saurier würden bald ganz aussterben. Wir, die uneingeschränkte Herrenrasse auf diesem Planeten! Diese lächerlichen Wissenschaftler verbreiten die abstruse Theorie, das Zeitalter der Reptilien werde sehr bald zu Ende gehen und die sogenannten Säugetiere – diese lächerlich kleinen Mäuse und Ratten, haha! – würden die Vorherrschaft übernehmen. Lasst euch nicht verrückt machen, Freunde, es besteht überhaupt keine Gefahr!"

Tosender Applaus von rechts brandete auf.

Dann aber meldete sich Planterix, der Präsident der Pflanzenfresser. Ein Ungetüm von einem Saurier, gute zwanzig Meter lang. Nur mit Mühe gelang es ihm, seine vier mächtigen Beine auf die Bühne zu hieven. Sein Hals war unglaublich lang, sein Kopf dagegen beinahe lächerlich klein. Doch sein Gehirn funktionierte prächtig! Planterix wandte sich selbstbewusst an sein Publikum.

„Liebe Freunde! Lasst euch von diesem Populisten Carnerix nicht Sand in die Augen streuen! Und steckt auch nicht den Kopf in den Sand! Dieser Meteorit ist eine Tatsache, er wird kommen und unsere Zukunft beeinflussen, ob wir es wollen oder nicht. Die einzige Chance, die uns bleibt, ist, dass wir auswandern in Richtung des Äquators, wo es wärmer bleibt und wir genug zu fressen finden."

„Blödsinn!", rief Carnerix, sehr unanständig, dazwischen. „Was meinst du, was sagen die Krokodile dazu, wenn wir einfach in ihren Lebensraum am Äquator einwandern? Sie werden uns bestimmt mit Gewalt davonjagen! Niemand nimmt gerne Klimaflüchtlinge auf. Am allerwenigsten die gefrässigen Krokodile! Nein, Freunde, es ist alles in bester Ordnung! Das Klima ist absolut stabil, uns kann nichts passieren!"

Wiederum ein tosender Applaus von der rechten Seite.

Planterix hatte einen schweren Stand. Er liess seinen Kopf ein wenig hängen und hätte beinahe aufgegeben. Dann aber gab er sich einen Ruck und versuchte es nochmals. „Freunde! Leider ist die Wahrscheinlichkeit, dass unsere Wissenschaftler recht haben, sehr hoch. Wenn wir nichts unternehmen, werden wir in naher Zukunft hungern. Es gibt keinen anderen Weg, unsere Reptilienwelt definitiv zu retten, als dass wir alle lernen, zusammenzuarbeiten. Saurier, Krokodile, Schlangen, Schildkröten und Echsen, wir sind alle miteinander verwandt. Wir müssen es schaffen, eine weltweite Vereinigung zu gründen und uns gegenseitig zu unterstützen. Dies ist unsere Zukunft!"

Der Applaus von der linken Seite war überraschend stark, aber in der Schlussabstimmung hatte Planterix doch keine Chance.

Siebenunddreissig Jahre später starb im Gebiet des heutigen Kalifornien der letzte Saurier dieser Erde. Seine versteinerten Knochen kann man heute noch im Naturmuseum in San Francisco bewundern.

Das kleine Wunder

„Hast du auch so kalt, Johanna?"

„Brr, und wie, liebe Bianca! Ich glaube, es ist noch kälter als im letzten Dezember. Und dann dieser elende eisige Nordostwind! Der macht mich richtiggehend fertig!"

„Du sagst es, Johanna. Schrecklich! Ich glaube nicht, dass ich diesen Winter lebend überstehe…"

„Aber Bianca! Warum so pessimistisch? Wir sind doch von Natur aus bestens gegen Kälte, Schnee und Eis gerüstet! Stoisch die Wärme des Frühlings abwarten, heisst doch seit jeher unsere Devise…"

„Ja, ja, du hast gut reden, Johanna! Die emotionale Wärme ist es doch, die mir fehlt! Der Hans mag dich viel lieber als mich, da kannst du mir nichts vormachen! Ganz genau habe ich es gesehen: Mindestens viermal kam er letzten Sommer vorbei, sah dich liebevoll an, lehnte sich an dich und…"

„Aber Bianca! Warum so eifersüchtig? Hans ist doch harmlos…"

„Johanna, halt die Klappe! Ich ertrage es bald nicht mehr! Seit siebzig Jahren sind wir Nachbarn, stehen und wachsen wir hier nebeneinander, und genau so lange verehre ich dich wie eine ältere Schwester, ertrage ich all diese Demütigungen von Hans, werde ich immer erst als allerletzte geschnitten…"

„Meine liebe Bianca! Sind wir nicht von Natur aus Geschwister? Sollten wir nicht zusammenhalten? Uns gegenseitig Mut machen, diese Kälte zu überstehen? Übrigens, freust du dich auf Weihnachten?"

„Ha! Weihnachten! So ein Blödsinn! Die Menschen ziehen sich in ihre Häuser zurück, zünden Kerzen an, verteilen Geschenke, singen fromme Lieder, und wir? Wir bleiben in eisiger Kälte draussen stehen, bekommen niemals eine warme Unterkunft... Ist das etwa gerecht, Johanna?"

„Aber Bianca! Die Natur hat doch für alle ihre Geschöpfe gesorgt. Wir werden überleben, wir werden im Frühling wieder blühen, Bienen und Hummeln werden von unserem süssen Nektar naschen, und im Herbst werden wir prächtige Früchte tragen, welche die Menschen erfreuen! Ist das etwa nichts?"

Bianca blieb darauf eine Antwort schuldig.

Hans Marti war schlecht gelaunt. Sehr schlecht. Der letzte Streit mit Anna hatte das Fass zum Überlaufen gebracht. Mit spitzer Stimme hatte sie ihn angeschrien, ihn einen elenden Langweiler genannt, hatte wutschnaubend ihre Koffer gepackt und war mit ihrem kleinen Wagen davongefahren. Und jetzt? Was sollte Hans jetzt anfangen? Er hatte sich doch so sehr auf Weihnachten gefreut! Hatte davon geträumt, diese Festtage, nach den vielen einsamen Jahren, endlich mit einer lieben Partnerin zu verbringen! Er hatte sie im Internet gefunden, und die nach und nach aufkeimende Liebe war wunderschön gewesen.

Und jetzt das! Alles war kaputt, zerstört, seine schönsten Hoffnungen zunichte! Hans Marti schlurfte in seinen groben Gummistiefeln ziellos auf dem Hof herum. Gab es überhaupt noch einen Sinn in seinem Leben? Eine Weile grübelte er vor sich hin, dann merkte er, dass sich allmählich eine unbändige Wut in ihm aufbaute. Wut auf sein verpfuschtes Leben! Schliesslich ging er in seine Werkstatt, packte die Motorsäge und schritt zielstrebig von seinem Haus weg. Nur raus jetzt und den Frust irgendwie ablassen!

Aber nicht einmal die eisige Winterluft vermochte seine heisse Wut abzukühlen. Hans stapfte weiter und kam schliesslich zur Wiese mit den Kirschbäumen. Sein Vater hatte damals viele Sorten gepflanzt: Adriana, Regina, Viola, Johanna, Bianca... Hatten sie eigentlich seine Erwartungen erfüllt? Na ja, die meisten Bäume brachten einen anständigen Ertrag, ausser... Dieser Bianca hier, der schon etwas windschiefe Baum, er trug kaum zehn Kilo Kirschen pro Jahr. Das war eindeutig zu wenig! Hans zitterte immer noch vor Wut. Anna war definitiv weg, ihr konnte er nichts mehr zuleide tun. Aber einen nichtsnutzigen Kirschbaum, den konnte er fällen! Die Motorsäge heulte auf, frass sich unbarmherzig ins Holz, und schon lag der alte Baum am Boden.

Hans atmete zufrieden auf, seine Wut war plötzlich verraucht. Er schaute auf den liegenden Stamm und die abgeschnittenen Äste. Auf einmal kamen ihm Zweifel. Hatte er richtig gehandelt? Hätte er Bianca vielleicht doch am Leben lassen sollen? Hatte seine Wut ihn zu sinnlosem Handeln getrieben? Zwei grosse Tränen erschienen in seinen Augenwinkeln. „Ich alter, verbitterter Mann kann noch weinen wie ein Kind?", murmelte er, erstaunt über sich selbst. „Arme Bianca, wie kann ich das bloss wieder gutmachen?" Da kam ihm eine Idee. Er zückte seine Baumschere, schnitt einige Zweige ab, trug sie in sein altes Bauernhaus, gab ihnen Wasser, stellte die Vase in eine Zimmerecke und vergass sie bald.

Drei Wochen später, am Heiligen Abend, fühlte sich Hans Marti so einsam wie noch nie zuvor. Missmutig stocherte er in seiner Rösti und glotzte in den Fernseher. Was für ein beschissener Abend! Alle feiern und ich bin ganz allein!

Da fiel sein Blick plötzlich in die Zimmerecke. Er konnte es kaum glauben: Dutzende von schneeweissen Blüten waren heute an den Zweigen aufgegangen, und dazwischen zeigten sich die ersten zarten, grünen Blättchen. Als wäre ein Wunder geschehen! Hans konnte seinen Blick nicht mehr von den blühenden Zweigen lösen. Tränen rannen ihm über die Wangen. Halblaut sprach er vor sich hin: „Ein Weihnachtswunder! Ach, liebe Bianca, kannst du mir meinen Frevel verzeihen?"

Vogts Ende

Oberkommissar Kurt Meier lehnte sich in seinem Bürostuhl zurück, faltete die Hände vor seinem Bauch und legte seine Füsse lässig auf den Schreibtisch. Ganz ruhig fixierte er seine Untergebene. „Alles scheint klar, sagst du, Claudia? Dann erzähl mal deine Version."

Kommissarin Claudia Zanelli nestelte eine Weile nervös an ihren blonden Haarsträhnen herum. Dann gab sie sich einen Ruck und erzählte mit fester Stimme. „Die Tatsachen kennst du ja schon, Kurt. Valentin Vogt, der wohl reichste, aber gleichzeitig unbeliebteste Mann in Wernetshausen, wurde vorgestern früh von seiner Haushälterin Pia Weber, die nicht bei ihm im Haus wohnt, tot aufgefunden. Von hinten erstochen, laut Bericht der Pathologie zwischen acht und elf Uhr abends. Die Tatwaffe ist verschwunden. Ebenso verschwunden sind die drei teuersten Bilder des passionierten Kunstsammlers. Gauguin, Monet, Klee. Und, wie die Haushälterin sagt, eine beträchtliche Menge an Bargeld."

„Ich weiss, ich weiss", fuhr Kurt Meier, schon leicht ungeduldig, dazwischen. „Die Indizien?"

Claudia Zanelli krempelte die Ärmel ihrer violetten Bluse auf und wischte sich mit einem winzigen, weissen Taschentuch den Schweiss von der Stirn. „Ach, dieser heisse Sommer hört wohl nie mehr auf...», seufzte sie. «Also, Pia Weber sagt aus, der Kunsthändler Remo Righetti sei am Vorabend bei Vogt gewesen. Er habe unbedingt die Bilder erwerben wollen, sei aber abgeblitzt. Als Pia um achtzehn Uhr das Haus verliess, hätten die zwei immer noch aufgeregt diskutiert. Am Morgen danach habe Vogt tot auf dem Teppich gelegen. Sie habe sofort die Polizei alarmiert."

Claudia hatte alle Nervosität abgelegt, es machte ihr jetzt richtig Spass, die Ermittlungen zu schildern. Nach einer kleinen Kunstpause fuhr sie fort. „Auf dem Salontisch fanden wir zwei Whiskygläser. Das eine mit Vogts Fingerabdrücken, das andere mit denen Righettis. Und unter Vogts Fingernägeln, was fanden wir da? Hautschuppen, die laut Bericht des Kriminaltechnischen Dienstes eindeutig von Righetti stammen. Genau so, als hätte es einen Kampf gegeben."

Kurt gähnte ausgiebig und schaute zum Fenster hinaus. „Na also! Und wo liegt der Haken?"

„Eben, der Haken, ehm, vielmehr der Hase im Pfeffer... Remo Righetti bestreitet nämlich, an diesem Abend überhaupt bei Vogt gewesen zu sein. Er habe Vogt vor zwei Wochen zum letzten Mal besucht. Und Righettis Alibi wird von seiner Frau und seiner Tochter bestätigt."

Kurt wandte sich blitzartig um. „Oho! Mindestens eine Person lügt also, sehr interessant! Weitere Verdächtige?"

Claudia lächelte. „Potentiell, ja. Valentin Vogts Bruder Lorenz hat erhebliche Schulden und ist, wie Pia Weber bestätigt, Valentin schon mehrmals erfolglos um Geld angegangen. Zudem hat Lorenz Vogt nur ein halbes Alibi."

Kurt grinste. „Halbes Alibi, gibt es das?"

„Nun ja", stotterte Claudia, „die Aussage einer Prostituierten eben…"

Kurt nickte zerstreut. „Immerhin… Gibt es Spuren von diesem Lorenz bei dem Ermordeten zuhause?"

„Eben nicht, überhaupt nichts! Sämtliche Indizien sprechen für Remo Righetti als Täter! Und doch… Mir ist nicht wirklich wohl dabei. Ein anerkannter Kunsthändler, der Bilder stiehlt? Wenn schon, müssten Righetti und Vogt ein persönliches Problem miteinander gehabt haben, das zu einem tödlichen Streit geführt hat."

„Unbedingt in dieser Richtung weiter recherchieren", bestätigte der Oberkommissar, „und diesen Bruder Lorenz nochmal richtig ausquetschen!"

„Mache ich", erwiderte Claudia und verabschiedete sich. Auf dem Weg zu ihrem Büro geriet sie ins Grübeln. Da haben wir doch etwas Merkwürdiges in Vogts Haus gefunden, dachte sie, das bringt mich auf eine Idee… Ja, das könnte sein! Claudia schmunzelte.

Pia Weber, eine modisch gekleidete, etwa fünfzigjährige Frau, öffnete der Kommissarin lächelnd die Haustür. „Bitte, kommen Sie rein und schauen Sie sich in aller Ruhe um. Die Spurensicherung war ja auch schon da und hat alles durcheinandergebracht. Suchen Sie denn noch etwas Bestimmtes?"

Claudia Zanelli reagierte nicht auf die Frage und folgte der Frau ins Wohnzimmer. „Frau Weber, ich habe noch ein paar Fragen an Sie», sagte sie.

„An mich? Ich bin doch nur die Haushälterin. Aber bitte!"

Die Kommissarin machte ein ernstes Gesicht. „Frau Weber, wie lange haben Sie für Herrn Vogt gearbeitet?"

„Oh, fast fünfzehn Jahre."

„Bei diesem bekanntermassen reichen, egoistischen, unfreundlichen Mann auszuharren, und dies bestimmt für ein mieses Gehalt, war das nicht demütigend?"

„Ehm, ja, vielleicht manchmal schon..."

„Wer träumt da nicht davon, selber mal reich zu sein? Sie haben ganz genau gewusst, dass Vogt sehr viel Bargeld zuhause hortete."

Pia Webers Gesicht war feuerrot geworden.

„Nun, Frau Weber, ein wenig nachhelfen war eigentlich gar nicht so schwierig. Kunsthändler Righetti war doch ein perfektes Opfer als Verdächtiger. Bei seinem letzten Besuch hier bei Vogt haben Sie ein paar Hautschuppen von seinem Kittel gesammelt, und danach mit einem Klebeband seine Fingerabdrücke vom Weinglas genommen. Die Hautschuppen unter die Nägel der Leiche schieben, die Abdrücke aufs Whiskyglas pressen, eine beinahe perfekte Fälschung der Indizien! Wer würde denn auf die Idee kommen, die kleine Haushälterin eines Mordes zu verdächtigen?"

Pia Weber war in sich zusammengesunken, hielt die Hände vor das Gesicht und begann zu schluchzen.

Die Kommissarin nahm ihr Handy aus der Tasche und rief ihren Chef an. „Mein lieber Kurt, der Fall ist gelöst."

Pferdenatur

Auf einer Weide am südlichen Abhang des Bachtels tummelten sich rund drei Dutzend Pferde und frassen genüsslich das saftige Gras des Frühlings. Die wärmende Sonne schien immer wieder zwischen den Wolken hindurch und tauchte die Landschaft in ein sanftes abendliches Licht. Da löste sich auf einmal der schwarze Hengst Rufus aus seiner Männerrunde, trottete unauffällig quer über die Weide und näherte sich vorsichtig der braunen Stute Ella. Zunächst umkreiste er sie zweimal in gebührendem Abstand, erst dann trat er näher, blieb eine Schrittweite vor ihr stehen und blickte sie aus seinen grossen dunklen Augen an.

Die Stute hob verwundert ihren Kopf und schüttelte ihre lange weiche Mähne hin und her. «Nanu», sagte sie, «du kommst schon wieder zu mir, Rufus?»

«Meine liebste Ella», sagte der Hengst mit butterweicher Stimme, «ich weiss wohl, dass ich dich vorgestern schon besucht habe.»

«Na also!», erwiderte die Stute und liess ein kleines Wiehern hören. «Dann haben wir doch unser Geschäft schon erledigt! Du hast mir vorgestern deinen Samen geschenkt, und ich bin ganz sicher, dass in meinem Leib bald ein kleines Fohlen heranwächst. Was willst du also noch von mir, Rufus?»

Der Hengst war sichtlich verlegen. Er wandte seinen Kopf ab, trat von einem Bein aufs andere und schlug ein paarmal mit seinem Schwanz aus. «Das stimmt», begann er vorsichtig, «wir haben unser Geschäft erledigt und ein kleines Fohlen gezeugt. Aber sieh mal… Es ist mir so peinlich…»

Rufus scharrte ein paar Mal mit seinen Hufen im Sand. Dann näherte er seinen Kopf der Stute und begann vorsichtig, mit seiner Zunge ihre Flanke zu lecken. «Weisst du», fuhr er ganz sanft fort, «ich finde, es war sehr schön vorgestern…»

«Ja, das war es wirklich», sagte die Stute und schüttelte erneut ihre prächtige Mähne. «Aber es ist ja jetzt vorbei, bis zum nächsten Jahr.»

Der Hengst leckte weiterhin sanft ihre Flanke, bis Ella wohlig zu seufzen begann. «Im Prinzip hast du schon recht», sagte Rufus, beinahe unterwürfig, «unsere Pferdenatur hat es wohl so eingerichtet, und unser Fortpflanzungsgeschäft ist für dieses Jahr erledigt. Aber sieh mal… Wenn ich an vorgestern denke, dann wird mir so warm ums Herz, und eine solche Sehnsucht packt mich…»

Ella wandte ihm erstaunt ihren Kopf zu. «Was willst du damit sagen, Rufus?»

«Ach meine liebe Ella», wisperte Rufus ihr direkt ins Ohr, «könnten wir nicht für einmal… Wie soll ich es bloss sagen… uns einfach unseren Sehnsüchten überlassen…?»

«Oh, jetzt kapiere ich endlich!», rief Ella, «du willst nochmals, so wie vorgestern…»

Rufus nickte heftig mit dem Kopf.

Ella war für einen Moment perplex und liess, um Zeit zu gewinnen, ein lautes Wiehern hören. «Meinst du, wir dürfen das?», fragte sie dann ganz ängstlich. «Ist das nicht gegen unsere Natur? So etwas dient doch der Fortpflanzung, und nicht einfach zu unserem Vergnügen!»

Der Hengst zuckte ein wenig zurück. Das hatte er sich noch nie überlegt! Dürfen? Gab es dieses Wort überhaupt? Und konnte denn irgendetwas gegen die eigene Natur sein? Nein, sagte er sich. Wenn ich diese Begierde spüre, dieses Sehnen nach einer Stute, dann kann das doch unmöglich widernatürlich sein! Rufus fuhr jetzt mit seinem Maul zärtlich über Ellas Mähne und flüsterte ihr erneut ins Ohr. «Nein, mein Liebling, das kann niemals gegen unsere Pferdenatur sein. Da bin ich mir ganz sicher.»

Ella zögerte immer noch. Aber es war nur ein letztes Rückzugsgefecht. In ihrem Innern war bereits alles klar! Sie senkte ihren Kopf wieder, stellte sich so neben den Hengst, dass sich ihre Flanken berührten und leckte mit ihrer Zunge zärtlich seine Ohrmuschel ab. «Also… Warum eigentlich nicht?», flüsterte sie zurück, «wenn ich ganz ehrlich bin, so habe ich auch so ein Sehnen in mir…»

Ella machte einige Schritte vorwärts und bleib dann mit gespreizten Hinterbeinen stehen.

«Ach meine liebe Ella», seufzte Rufus, trat hinter sie, erhob sich auf die Hinterbeine, schob seinen Rumpf sanft über den ihren und drang vorsichtig in sie ein. Und je mehr Hengst und Stute miteinander verschmolzen, desto stärker wurde ihr Wohlbehagen, desto mehr wuchs ihre tierische Leidenschaft, desto lauter wurde ihr Wiehern des Glücks, desto näher kamen sie dem tierischen Paradies.…

«He, ihr beiden! Was macht ihr denn da? Ach so!» Bauer Anton stand hinter dem Weidezaun, schaute nach seinen Pferden und begann laut zu lachen. Rufus und Ella standen jetzt direkt nebeneinander, rieben sich gegenseitig die Flanken und stiessen glucksende Laute von sich.

«Na ja», rief ihnen Anton zu, «mir kann es recht sein, wenn ihr euch miteinander amüsiert. Hauptsache, ihr bekommt keinen Streit, und ich habe nächstes Jahr ein hübsches Fohlen….»

Bauer Anton drehte sich um und ging, mit einem Schmunzeln im Gesicht, zurück zum Haus. «Heidi!», rief er zum offenen Küchenfenster hinein, «was meinst du zu einer kleinen Pause von der Arbeit? Könnten wir nicht zusammen…?»

Das Ende naht

Max und Maja glaubten, sie seien allein im Institut geblieben. Irrtum! Ich war auch noch da, und zwar gleich im Nachbarbüro. Und weil die Wände zwischen den Büros so dünn sind, konnte ich jedes Wort verstehen.

„Es ist soweit", begann Max mit leiser, aber bestimmter Stimme, „er wird kommen. Meine Berechnungsergebnisse sind eindeutig. Sehr schade für die Menschheit und für unseren Planeten, aber es lässt sich nicht ändern."

„Wann kommt er denn?", fragte Maja ängstlich.

„Nächsten Samstag schon."

„Was! So bald! Aber ich will doch noch nicht sterben!"

Max lachte kurz auf. „Haha! Es wird dir wohl nichts anderes übrigbleiben, meine Süsse!"

Maja fing an zu schluchzen. „Können wir denn gar nichts dagegen tun?"

„Nein. Ganz und gar nichts", antwortete Max gnadenlos hart, „wir haben keine Chance und werden alle elendiglich zugrunde gehen."

Maja hatte immer noch eine kleine Hoffnung. „Aber hör mal, Max. Genauso hat man doch auch bei früheren Katastrophen geredet. Immer hiess es, jetzt komme der Weltuntergang, und trotzdem ist es jedes Mal weitergegangen."

Die Stimme von Max wurde jetzt schneidend wie Glas. „Diesmal ist es schlimmer. So schlimm wie noch nie. Dieser Artan wird alles menschliche Leben vernichten."

Mein Puls raste, mein Herz hämmerte gegen die Rippen, meine Hände wurden schweissnass. Ich war vollkommen ahnungslos. Was bahnte sich da Schreckliches an? Eine unausweichliche Katastrophe für unseren Planeten? Ein Todesurteil für die Menschheit? Also auch für mich? Und wer zum Teufel war dieser Artan?

„Ich kann und will es noch nicht glauben", hörte ich Maja seufzen, „denk doch an die grosse Pestwelle im vierzehnten Jahrhundert. Eine Strafe Gottes sei es, hiess es damals, alle würden umkommen. Und doch haben viele überlebt. Und dann im zwanzigsten Jahrhundert, die spanische Grippe, die Weltkriege und die Atombomben. Auch das haben wir überstanden."

„Ich weiss, ich weiss", fuhr Max dazwischen, „und dann im einundzwanzigsten Jahrhundert die Corona-Pandemie und die Klimakatastrophe. Der steigende Meeresspiegel, die verheerenden Stürme, die Überschwemmungen, Hitzewellen und Waldbrände. All dies hat die Menschheit überstanden. Aber das war alles nur ein Klacks im Vergleich zu Artan…"

„Wie gross ist denn dieser Artan?", fragte Maja ängstlich.

„Etwa dreissig Kilometer im Durchmesser. Und er rast unaufhaltsam auf die Erde zu. Siehst du, hier auf dem Bildschirm habe ich seine Bahn simuliert."

„Oh je! Das heisst, Artan ist noch grösser als der…"

„Du sagst es! Noch bedeutend grösser als der Asteroid, der vor sechsundsechzig Millionen Jahren in Mexiko einschlug und beinahe alles Leben, vor allem aber alle Saurier vernichtet hat. Die Erdbeben, Tsunamis und

Stürme, die es schon ab nächsten Samstag geben wird, werden so gigantisch sein, das hat die Erde noch nie gesehen!"

„Am Samstag also? Nur noch vier Tage darf ich am Leben bleiben? Ach Max!"

Ich presste ein Ohr an die Wand. Die Geräusche waren eindeutig! Dieser elende Flegel! Gab vor, Maja nur zu trösten, dabei knutschte und küsste er sie schamlos ab! Mein Magen krampfte sich schmerzhaft zusammen. Wenn ich Maja doch auch umarmen dürfte! Ach, meine süsse Maja... Ich könnte diesen Max glatt umbringen!

„Weiss man schon, wo er einschlagen wird?", wisperte jetzt Maja, so leise, dass ich es kaum verstehen konnte.

„Das ist der schwierigste Teil der Berechnung", gab Max zu. „Jedenfalls auf der Nordhalbkugel, wahrscheinlich auf dem Atlantik oder in Europa."

„Ach wenn er doch nur gleich die Schweiz träfe, dann wäre ich wenigstens sofort tot", schluchzte Maja.

Mir wurde schwindlig. So ein Horror! In vier Tagen sollte es also auch mit mir zu Ende sein! Aber... Einen winzigen, dünnen Strohhalm gab es doch noch! Hatte Max überhaupt richtig gerechnet? Wenn er sich vertippt hätte und es nur ein falscher Alarm wäre? Zu schön, um wahr zu ein! Nein, damit konnte ich nicht rechnen! Ich kannte keinen gewissenhafteren Astronomen als Max. Er war weltweit anerkannt, hatte jede Menge Preise gewonnen, und seine Analysen hatten sich kein einziges Mal als unzutreffend erwiesen! Also vergiss es und ergib dich in dein Schicksal, sagte ich mir...

Fieberhaft versuchte ich nachzudenken, während mein Herz raste und mein Blutdruck in die Höhe schoss. Was muss ich in den nächsten Tagen noch alles erledigen? Was will ich noch abschliessen? Was hat absolute Priorität? Aber es war hoffnungslos, ich konnte mich auf nichts konzentrieren.

Doch ganz plötzlich sah ich klar. Ja, das musste ich tun! Diese meine allerletzte Geschichte niederschreiben, kopieren und so viele Kopien wie möglich sicher unter der Erde verstecken. Denn wer weiss? Vielleicht werden doch einige Affen oder andere Säugetiere die Katastrophe überleben, und es könnte doch sein, dass es in einigen Millionen Jahren wieder Wesen gibt, die unsere Sprache entziffern können? Dann werden die Archäologen unter ihnen wenigstens wissen, warum die Menschheit im Jahr 2089 ausgestorben ist. Dank meiner Texte! Ich fühlte mich beinahe erhaben bei diesem Gedanken. Dank mir und nur mir allein!

Tod am Pfäffikersee

„Nun drücken Sie sich endlich mal deutlich aus und sagen mir klipp und klar, wann und wo Sie die Leiche gefunden haben." Kommissar Franz Steiner wischte sich den Schweiss von der Stirn und trommelte nervös mit den Fingern auf seinem Schreibtisch herum. War das ein mühsamer Zeuge! Redete um den heissen Brei herum, dabei müsste er doch nur eine einfache, klare Aussage machen!

Fredy Meier, der ihm gegenüber sass, rutschte auf seinem Stuhl hin und her, nestelte an seiner zu weiten Hose, fuhr sich mit der Hand immer wieder durch sein struppiges, weisses Haar und schaute betont gelangweilt zum Fenster hinaus. Endlich wandte er sich dem Kommissar zu und lächelte.

„Nervös, Herr Kommissar? Aber warum denn? Nur eine kleine Leiche, mehr nicht. Ist doch im Zürcher Oberland nicht Spezielles, oder? Also, Ihnen zuliebe erzähle ich es gerne. Gestern Morgen ging ich, wie fast jeden Tag, zum Fischen an die Uferpromenade in Pfäffikon. Die Kirchturmuhr hatte soeben sieben geschlagen, da sah ich sie. Die tote Frau lag im Wasser, nackt wie Eva, mit einem Strick um den Hals an eine der Bojen geknüpft. Kein schöner Anblick, muss ich zugeben. Trotzdem, die Frau war irgendwie hübsch, auch als Tote noch."

Meier leckte sich die Lippen. „Nicht mehr jung, aber mit schönen Kurven, die hätte mir auch gefallen. Aber als Leiche? Oh nein, da lasse ich die Finger davon!"

Kommissar Steiner winkte entnervt ab. „Danke, Meier, Sie können gehen."

Anita Huber kam es vor, als würde sie emotional zwischen Himmel und Hölle hin und her gerissen. Sie konnte es kaum glauben. Ihr Vorgesetzter, Franz Steiner, hatte ihr den Fall der mysteriösen Leiche am Pfäffikersee übergeben. Etwa, weil er selber nicht mehr weiterwusste? Egal, das war ihre Chance, die musste sie jetzt packen!

Anita Huber zog aus der obersten Schublade ihres Schreibtischs die Akte hervor. Eigentlich war die Situation nicht kompliziert. Ein klassisches Familiendrama eben. Die ermordete Maria Bencic wollte sich von ihrem Ehemann Radovan trennen, weil sie ihren Chef, Martin Frei, liebte. Auch dieser hatte vor, sich von seiner Frau Brigitte zu trennen. Es war ziemlich klar, dass nur drei Personen als Täter in Frage kamen. Einerseits Radovan und der erwachsene Sohn Miroslav, weil die beiden realisierten, dass Maria nicht von der Trennung abzuhalten war, eine solche aber wegen der Familienehre nicht in Frage kam. Andererseits Brigitte Frei, weil sie ihren Mann nicht an ihre Rivalin verlieren wollte. Aber wer von den dreien hatte es wirklich getan? Alle stritten die Tat ab, es gab keine Zeugen und auch keine handfesten Indizien. Die Tatwaffe, eine Pistole, ruhte wohl irgendwo auf dem Seegrund. Der Bericht des kriminaltechnischen Labors war gerade gut genug fürs Altpapier. Tod durch Erschiessen aus nächster Nähe, keine

Kampfspuren, keine Fingerabdrücke, keine genetischen Spuren. Einfach nichts!

Anita seufzte tief. Sie stand auf und öffnete das Fenster. Eine wunderschöne, frühherbstliche Abendstimmung lag vor ihr. Die grosse Fläche des Robenhauser Rieds leuchtete in braunroten Tönen im flachen Licht der untergehenden Sonne, und dahinter glitzerte in sanften Wellen der Pfäffikersee. Anita atmete tief ein, schloss die Augen und liess ihre Gedanken frei schweifen. Irgendwo musste doch die Lösung liegen! Ganz langsam schlich sich eine Idee in ihre Hirnwindungen. Abrupt schloss sie das Fenster und verliess ihr Büro.

Es klopfte an Kommissar Steiners Bürotür.

„Herein!" Steiners Stimme klang ungeduldig. Kein Wunder! Die Leute von der Presse lagen ihm im Nacken, wollten endlich konkrete Ergebnisse im Fall der ermordeten Frau sehen. Was für eine Blamage für die Polizei! Mehr als eine Woche war seit der Tat verstrichen, und immer noch sass kein Verdächtiger in Untersuchungshaft! Es war beinahe zum Verzweifeln…

Anitas Gesicht erschien in der halboffenen Tür. Und sie lächelte, ja, sie strahlte ihren Chef richtiggehend an! Steiner war irritiert. Was sollte das jetzt wieder bedeuten?

„Komm nur herein, Anita", murmelte er unsicher.

Anita kam sofort zur Sache. „Ich denke, der Fall ist gelöst."

Steiner riss seine Augen auf. „Was sagst du da?"

„Mir kam gestern eine Idee, und so ging ich nochmals bei unserem Kriminaltechniker, dem Herbert Vogel, vorbei. Er hat meine Idee bestätigt, und deshalb bin ich jetzt ziemlich sicher, dass Brigitte Frei die Mörderin ist."

Der Kommissar liess nervös seine Fingergelenke knacken. „Nun sag doch schon endlich, warum!"

Anitas Lächeln liess jetzt eine Spur von Triumph erkennen. „Mein lieber Franz, aus der Richtung des Schusskanals in der Leiche kann man mit grosser Wahrscheinlichkeit schliessen, dass die Pistole von einer linken Hand abgefeuert wurde. Und was haben wir bei den Einvernahmen der Verdächtigen beobachtet? Radovan und Miroslav Bencic sind Rechtshänder, Brigitte Frei aber eindeutig Linkshänderin."

«Ausgezeichnet! Ausgezeichnet hast du das hingekriegt, Anita!» Franz Steiner griff zum Telefon. „Hallo, Streife sieben? Sofort ab nach Pfäffikon, Brigitte Frei kommt in Untersuchungshaft."

«Bin ja gespannt, wie viel es braucht, bis sie gesteht», ergänzte Anita lächelnd.

Die Auktion

«Meine verehrten Damen und Herren, wir kommen jetzt zur Sensation dieses Abends.»

Der Auktionator, ein hagerer, lebhafter Herr in Frack und Zylinder, machte eine kleine Pause und schaute sich würdevoll im Saal um.

Das Publikum verstummte sofort und sah erwartungsvoll zur kleinen Bühne hoch, wo der Auktionator jetzt ein Paket zum Vorschein brachte. Langsam und genüsslich entfernte er die Verpackung und stellte dann das kleine Bild auf eine Staffelei. Ein langgezogenes «Ohhh…» ging durch den Saal, und manche zückten ihr Opernglas, um das Bild besser zu sehen.

Der Auktionator gebot Ruhe. «Was Sie hier sehen, meine Damen und Herren», verkündete er, «ist nichts weniger als das Frühwerk von Pablo Picasso mit dem Titel *Tres Hermanos*. Schauen Sie sich dieses Meisterwerk ruhig genauer an. Mit welcher Liebe, welch gekonntem Strich, welchen zarten und doch ausdrucksstarken Farben diese drei Brüder gemalt sind! Und dieser Hintergrund, diese einmalige südliche Landschaft voller Wärme und Lebensfreude! Es ist eine Sensation, dass dieses Kleinod, bisher im Privatbesitz von Picassos Erben, jetzt in den Verkauf kommt.»

Der Auktionator hob seinen Zylinder, machte eine kleine Verbeugung und fuhr dann fort. «Verehrtes Publikum, natürlich ist dieses Bild von unschätzbarem Wert und verdient einen Höchstpreis. Ich bitte sehr darum, mich mit Ihren Geboten nicht zu enttäuschen.»

Eine ganze Weile herrschte gespannte Stille im Saal. Wer würde beginnen?

Da hob eine ältere Dame in der vordersten Reihe ihre Hand. «Mein Name ist Rebecca Holmes. Ich biete eine Million.»

Der Auktionator nickte ihr zu und schaute sich dann herausfordernd um. «Also bitte, verehrtes Publikum, was ist schon eine einzige Million?»

Da erhob sich ein beleibter, glatzköpfiger Herr in der hintersten Reihe. «Ich heisse George Clark. Zwei Millionen!»

Ein Raunen erfüllte den Saal. Gleich eine Verdoppelung!

Aber sogleich meldete sich auf der rechten Saalseite ein hagerer, weisshaariger Mann. «Ich bin Robert Smith. Ich biete drei Millionen!»

George Clark, der Glatzkopf, sah voller Wut zu diesem Konkurrenten. Erneut ging ein Raunen durch den Saal. Wie würde das wohl enden?

«Ruhe!», brüllte jetzt der Auktionator. Aber dann liess er ein zufriedenes Lächeln sehen und rieb sich eifrig die Hände. «Oh ja, das gefällt mir! Das gefällt mir ausgezeichnet, meine Herren! Sieht mir beinahe nach einem Zweikampf aus! Also: Wir sind bei drei Millionen. Wer bietet mehr?»

Alle blickten zu George, dem Glatzkopf. Würde er jetzt aufgeben? Das Bild seinem Kontrahenten überlassen? Sein Gesicht verzog sich, ganz allmählich, zu einem breiten Grinsen. «Nein, kleiner Robert, diese Beute lasse ich mir nicht entgehen», zischte er und schnippte mit den Fingern. «Ich biete fünf Millionen!»

Robert sprang auf, ganz weiss im Gesicht. «Du Wicht!», stiess er hinaus. «Diesmal gewinne ich! Ich biete sechs Millionen!»

Georges Grinsen wurde noch breiter. «Hahaha! Du glaubst wohl, ich gebe auf? Habe ich denn damals, vor zwölf Jahren, als es um den Rembrandt ging, aufgegeben? Du aufgeblasener Wicht, du meinst wohl immer noch, du könnest mir diesen Picasso wegschnappen? Nein, mein Freundchen! Acht Millionen!»

Das Publikum schrie vor Begeisterung auf und begann, mit den Füssen zu trampeln.

«Ruhe!», schrie der Auktionator nochmals, «also bitte, meine Herren, zügeln Sie doch Ihre Leidenschaft! Ich toleriere keine Beleidigungen mehr!»

Aber es nützte nichts. Robert ballte die Fäuste, seine Stimme wurde schneidend. «Du Hund!», schrie er George ins Gesicht. «Ja, den Rembrandt musste ich dir damals überlassen. Aber heute, da bekomme ich Rache, der Picasso ist mein!»

Robert griff in seine Jackentasche, zog eine Pistole heraus und richtete sie auf seinen Gegner. «Spar dir deinen Zaster, George, und verpiss dich! Ich biete zehn Millionen!»

Totenstille im Saal. Alle Blicke hingen jetzt an George. Wie würde er auf diese Provokation reagieren? Würde es gar Tote geben? Der Auktionator, zitternd vor Angst, griff unter sein Pult und drückte den Alarmknopf.

Und George liess sich Zeit. Unbeweglich sah er zu Roberts Pistole hin. Nur ein leichtes Zucken um die Mundwinkel verriet seine Erregung. Plötzlich leuchteten seine Augen auf, doch seine Stimme war eiskalt. «Wie du willst. Ich biete zwanzig Millionen!»

Aller Augen gingen zu Robert. Niemand glaubte daran, dass er dieses Gebot überbieten konnte. Robert wurde leichenblass und liess sich kraftlos auf seinen Stuhl sinken. Immer noch hielt er die Pistole umklammert.

Der Auktionator schlotterte unterdessen vor Angst. Wenn doch bloss die Polizei endlich käme! «Also… ehm…», stotterte er ins Mikrofon, «es wurden zwanzig Millionen geboten. Wer bietet mehr?»

Stille im Saal. Robert blickte bloss zu Boden. Der Auktionator hob seinen Hammer. «Also… zum ersten… zum zweiten… zum dritten!»

Der Hammer fiel, aber das Geräusch passte nicht dazu. Ein Schuss zerriss die Luft. Die Pistole fiel Robert aus der Hand, und sein schlaffer Körper glitt langsam auf den Parkettboden hinunter.